SIDNEY SHELDON

ARE YOU AFRAID OF THE DARK?

この書物の所有者は下記のとおりです。

住所	
氏名	

アカデミー出版社からすでに刊行されている
天馬龍行氏による超訳シリーズ

「リベンジは頭脳で」
「億万ドルの舞台」
「逃げる男」
「よく見る夢」
「空が落ちる」
「顔」
「女　医」
「陰謀の日」
「神の吹かす風」
「星の輝き」
「天使の自立」
「私は別人」
「明け方の夢」

「血　族」
「真夜中は別の顔」
「時間の砂」
「明日があるなら」
「ゲームの達人」
（以上シドニィ・シェルダン作）
「落　雷」
「長い家路」
「最後の特派員」
「つばさ」
「五日間のパリ」

「贈りもの」
「無言の名誉」
「敵　意」
「二つの約束」
「幸せの記憶」
「アクシデント」
（以上ダニエル・スティール作）
「奇跡を信じて」
（ニコラス・スパークス作）

「呼び出し（召喚状）」
「裏稼業」
（以上ジョン・グリシャム作）
「何ものも恐れるな」
「生存者」
「インテンシティ」
（以上ディーン・クーンツ作）

異常気象売ります（上）

作・シドニィ・シェルダン

超訳・天馬龍行

愛を込めて本書をアタナスとヴェーラに捧げる

わたしの助手である
メアリー・ラングフォードの
計り知れない献身に感謝しつつ

BOOK ONE

同時多発事故

登場人物

ソニア・ベルブルーゲ…………科学者フランツの妻
フランツ・ベルブルーゲ………シンクタンクＫＩＧの研究員

マーク・ハリス…………………ルックスのさえない科学者、ＫＩＧの研究員
ケリー……………………………黒人系の美人モデル、のちにマークの妻

リチャード・スティーブンス…心優しい科学者、ＫＩＧの研究員
ダイアン…………………………リチャードの愛妻

ゲーリー・レイノルズ…………みずから操縦桿を握る科学者、ＫＩＧの研究員
ロイス……………………………ゲーリーの大切な妹

タナー・キングスレー…………世界的シンクタンクＫＩＧのオーナー
アンドリュー・キングスレー…タナーの兄、ＫＩＧの創設者でノーベル賞受賞の優れた科学者

グリーン・バーグ………………マンハッタン警察の警部

ヴァン・ルーベン………………億万長者夫人で上院議員

プロローグ

ドイツ、ベルリン

今日がこの世での最後の日になろうとは、当のソニア・ベルブルーゲには知る由もなかった。夏休みのウンター・デン・リンデンの歩道は観光客であふれかえっていた。ソニアはその流れに逆らい、人をかき分けかき分け進んでいた。

〈パニックになっちゃダメよ〉

彼女は自分に言い聞かせた。

〈落ちついて自分を取り戻さなきゃ〉

ほんの数分前のことだった。フランツからのゾッとするような緊急連絡がコンピューター画面に現われた。文面はこうだった。

〝逃げろ、ソニア！　すぐアルテミジア・ホテルへ行け！　あそこなら安全だ。連絡があるまでそこで――〟

連絡文は完結しないまま終わってしまった。フランツはなぜ中途半端にしたのだろう？　いったいなにが起きているのだ？　前の晩、夫は誰かと電話で話していた。彼女に聞こえたのは、「どんな犠牲を払ってもプリマを止めるんだ」という夫の言葉だった。

〈プリマって誰なの？〉

ソニア・ベルブルーゲはブランデンブルク通りに近づいていた。女性専用のホテル《アルテミジア》はその通り沿いに建つ。

〈あそこでフランツからの連絡を待てばいいんだわ。いったいなにが起きたのか、フランツが説明してくれるでしょう〉

ソニア・ベルブルーゲが次の交差点にさしかかったとき、信号が赤に変わった。彼女は歩道の先端で足を止め、信号が変わるのを待った。とそのとき、誰かが彼女の背中をどんと押した。

ソニアは車道によろけた。

〈観光客ったら！　人の街に来てマナーを知らないんだから！〉

彼女が車道に足を踏みだした、まさにそのとき、近くで二重駐車していたリムジンがこちらに向かって突進してきた。あっという間だった。彼女はフェンダーに跳ね飛ばされ、道に転げた。彼女の前にたちまち人垣ができた。野次馬たちが口にする言葉もさまざまだった。

「イズ　シー　オーライ?」

「死んだのかな?」

「プテール　マルシェ?」

ちょうどそのとき、通りがかった救急車が停車した。二人の救急隊員が素早い動作で降りてきた。

「わたしたちが面倒を見ますから、ご心配なく」

ソニア・ベルブルーゲは自分が持ち上げられ救急車に運び込まれるのが分かった。ドアがばたんと閉められ、救急車はスピードをあげ事故現場から立ち去った。彼女は上半身を起こそうとしたが、担架に縛りつけられていてそれができなかった。

「わたしは大丈夫ですから」

ソニアはベルトを解いて自由にしてもらいたかった。

「ちょっとぶつけられただけで、たいしたことは――」

救急隊員の一人が身をかがめて彼女をのぞきこんだ。

「心配しないでリラックスしていてください、ベルブルーゲさん」

彼女はびっくりして男を見上げた。警鐘が彼女の頭のなかに鳴り響いた。

「わたしの名前をどうして――？」

話を言い終えないうちに、腕に鋭い痛みが走った。注射針を刺されたらしい。たちまち暗闇のなかに落ちていくのが分かっても、彼女に抗するすべはなかった。


場所は変わって、フランスのパリ。

マーク・ハリスはたった一人でエッフェル塔の眺望台に立ち、吹き荒れる豪雨の様子をぼんやり眺めていた。数秒おきに光る雷が、密度の高い大粒の雨を天界からの滝のように見せている。

セーヌ川の向こうにはシャイヨー宮殿があり、トロカデロの庭がある。しかし、マーク・ハリスの目にはそんなものは映っていなかった。彼の頭のなかは、まもなく発表され世界を震撼させるにちがいない大ニュースのことでいっぱいだった。豪雨は強風にあおられ竜巻の状態になっていた。マーク・ハリスはシャツのそでを伸ばし、腕を隠した。ついでに時刻を確認した。

相手の到着は遅れていた。

〈どうしてこんなところで会いたがるんだ、あいつらは？　しかも夜の夜中に〉

マーク・ハリスがそう思っていたときに、エレベーターのドアの開く音が聞こえた。男が二人、吹きつける風雨を避けるようにしながら彼のほうに向かって歩いてきた。

二人が誰だか分かってマーク・ハリスはほっとした。

「遅いじゃないか」

「この嵐だからな。ごめん」

「ワシントンでの会合の準備はできているんだろうな？」

「その件できみと話し合いたいと思って。実は今朝、かんかんがくがく議論してね。この件をどうしたらいちばんいいか。結論としてこういうことになったんだ――」

一人がマーク・ハリスと話しているあいだに、もう一人の男がハリスの背後に回った。その直後、二つのことがほぼ同時に起こった。マーク・ハリスは「ガツン」という音を聞いた。というより、鈍器が後頭部にめり込むのが分かった。倒れるまもなく体が持ち上げられた。そのまま手すり越しに冷たい雨のなかに放り投げられた。彼の体は三十八階下の歩道に向かって加速度をつけながら一直線に落下していった。

ここは大西洋を渡った米国コロラド州の州都、デンバー。

カナダのバンクーバーの近く、山間地のケローナで育ったゲーリー・レイノルズは、当地で飛行機の操縦訓練を受けていたから、危険な山岳の上空を飛行するのには慣れていた。

この日彼はセスナ・シタシオン2号機を操縦しながら、眼下に迫る冠雪の山頂に目を凝らしていた。操縦席は正副二人の操縦士が乗る構造になっていたが、この日のパイロットは彼だけだった。

〈今回だけはそうするしかない〉

レイノルズは暗い気持ちでそう思った。

出発したケネディ空港には嘘の飛行計画を申請してあった。だから、彼がデンバーに向かっているとは誰も知るまい。デンバーに着いたら妹のところで一泊して、次の朝は東に向かい、会合に出席する。〝プリマ〟を亡き者にする手配は完全だ。そして——。

無線機が発する声に彼はハッとして我に返った。

「シタシオン1・1・1・リマ・フォックストロット。こちらはデンバー国際空港の管制塔。応答願います」

ゲーリー・レイノルズは無線機のボタンを押した。

「こちらはシタシオン1・1・1・リマ・フォックストロット。着陸許可を願います」

「1・リマ・フォックストロット、現在位置を教えてください」

「1・リマ・フォックストロット、現在位置はデンバー空港の北東十五マイル。高度一万五千フィート」

右側にパイク山の頂上が現われた。空は青く晴れ、天気になんの障害もなかった。

〈これは吉兆だ〉

しばらく沈黙があったあと、管制塔の声がふたたびスピーカーから響いてきた。

「1・リマ・フォックストロット、滑走路2－6に着陸してください。くり返します。滑走路2－6です」

「1・リマ・フォックストロット、了解」

そのとき、なんの前触れもなく飛行機は強風にあおられたように急上昇した。ゲーリー・レイノルズはびっくりして窓の外を見た。外は突風の様相を呈していた。数秒もしないうちに、セスナ機は乱気流のなかに突っ込み、おもちゃのように翻弄されはじめた。ゲーリーは高度を上げようと操縦桿を引いた。が、効果はなかった。飛行機は荒れ狂う竜巻に完全につかまっていた。操縦は完全に不可能になっていた。ゲーリーは無線機のボタンをたたくようにして押した。

「こちら1・リマ・フォックストロット、緊急事態発生」

「1・リマ・フォックストロット、どんな種類の緊急事態か？」

ゲーリー・レイノルズはマイクロホンに向かって叫んでいた。

「すごい竜巻につかまった。ここはハリケーンの真ん中だ！」

「1・リマ・フォックストロット、そちらは現在デンバー空港から四分半の位置にいる。こちらのレーダーには乱気流など映っていないが」

「そっちのスクリーンがどうだろうと関係ない！　こっちはいま――」

ゲーリーの声が急に甲高くなった。

「メーデー、メーデー――」

管制塔内では、管制官たちが顔をしかめながら見つめるなか、レーダーから小型機の航跡がすっと消えた。


ここはニューヨークのマンハッタン。

夜明け前。17栈橋からほど遠からぬイーストリバーのマンハッタンブリッジの下あたり。半ダースほどの制服警官と私服の刑事たちが川面の端に浮かぶ着衣の土座衛門の周りに集まっていた。死体は無造作に投げ込まれたらしく、首の部分がさざ波にあおられ浮いたり沈んだりしていた。見れば見るほど不気味な光景だった。

この事件を担当するマンハッタン・サウス殺人課のグリーン・バーグ警部は、いまちょうど手順どおりの初動捜査を終えたところである。写真撮影が終わるまで誰も死体に触れることはできない。ほかの刑事たちが証拠になるものがないか周囲に目を凝らしているあいだ、グリーン・バーグ警部は現場の状態をメモにとった。犠牲者の両手は透明のプラスチックバッグに包まれ、縛られた状態になっている。

検死官のカール・ワードは死体の検査を終え、体を起こすと、ズボンについた泥を払った。それから、事件を担当する二人の刑事に顔を向けた。グリーン・バーグ警部は仕事一途な男で、いかにもやり手らしい顔をしている。事実、捜査実績は殺人課内でも群を抜いている。もう一人のプラジッツァ警部補のほうは一見温厚そうだが、白髪まじりの髪の毛と深い顔のしわが仕事に疲れた男の顔をつくっていた。

検死官はグリーン・バーグ警部に顔を向けた。

「あとはあんたに任せるよ」

「なんか発見はあったかい？」

「死因は明らか。頸動脈に達する喉の刺し傷だ。両足の膝骨が砕かれている。肋骨も何本か折れているようだ。相当ひどくやられたらしい」

「死亡時刻は？」

検死官は浮き沈みしている死体の首に目をやった。

「断定するのは困難だ。おれの推測では、川に投げ込まれたのが昨日の夜中すぎ頃かな。ガイ者を死体置き場に移送してから、完全な報告書をつくって渡すよ」

グリーン・バーグ警部は自分の意識を死体に向けた。グレーのジャケットに、紺のズボン、明るいブルーのネクタイ、左手には高級腕時計をしている。グリーン・バーグ警部はかがみこみ、死体のジャケットのポケットをさぐりはじめた。警部の指先に紙切れが触れた。それを彼は二本の指でつまみだした。

「イタリア語だ」

警部はそう言うと、周囲を見回して叫んだ。

「ジャンネリ、ちょっと来てくれ」

若い制服の警察官が駆け寄ってきた。

「イエス、サー」

グリーン・バーグ警部は紙切れを若い警察官に渡した。

「おまえ、これ読めるか?」

若い警察官は文を英語に直しながら声を出してゆっくり読みはじめた。

「〝これが最後だ。ほかの者たちと一緒に17桟橋に出てこい。言うとおりにしないと魚のエサにするぞ〟」

読み終えた警察官は紙切れをグリーン・バーグの手に戻した。プラジッツァ警部補はびっくりした顔で言った。

「マフィアの殺しかい? だったら、なぜこんな人目につくところに死体を捨てたんだろう?」

「いい質問だ」

そう言いながら、グリーン・バーグ警部は死体のジャケットの別のポケットをさぐった。警部の手はポケットから財布をとりだし、それを広げた。財布のなかから札束がごっそり出てきた。

「物取りではないようだな」

警部は財布からクレジットカードを抜き出した。犠牲者の名前はリチャード・スティーブンスと判明した。プラジッツァ警部補は顔をしかめた。

「リチャード・スティーブンス……最近新聞で読んだ名前だな」

グリーン・バーグ警部が言葉を継いだ。

「この男のワイフはダイアン・スティーブンス。トニー・アルチェリの裁判で証言した女性だ」

「ああ、そうでしたね」

プラジッツァ警部補が相づちを打った。

「マフィアの親分の殺人現場を見たと証言した勇気ある女性ですね」

二人の刑事はリチャード・スティーブンスの遺体に目をやった。

第一章
未亡人

マンハッタンのダウンタウン、センターストリート180に建つ上級裁判所犯罪部ビルの第三十七法廷においてトニー・アルチェリの裁判が進行中だった。この広大にして由緒ある法廷はいま報道関係者や傍聴人で限度いっぱいに混み合っていた。

被告人席に着くのは車椅子に乗ったトニー・アルチェリで、その形相はまさに太りすぎの蛙だった。ただし、その目だけはらんらんと輝いている。その目ににらまれるたびに、証人席のダイアンは憎しみの鼓動が伝わってくるのを感じてゾッとなっていた。

アルチェリの隣に座るのは弁護士のジェイプ・ルービンシュタインである。ルービンシュタインは二つのことでつとに有名だ。一つは、引き受ける依頼人のほとんどが有名人であること。もっとも悪名のほうであるが。もう一つは、引き受けた依頼人のほとんどが釈放され自由の身になっている事実である。

ルービンシュタインは小柄で小粋で小利口な男である。頭の回転はきわめて速い。法廷に現われるのに同じ服を着て来たためしがない。相手の足元を見るのが上手で、敵の弱点を見つける能力はほとんど天分と言っていい。ルービンシュタインはときとして自分をライオンに見立て、獲物に向かって気づかれないように近づく。……あるときは、蜘蛛の巣を張り、ずるい蜘蛛になりきり、もがく獲物に飛びつく。……また、あるときは、水に糸を垂れ、獲物がエサに気づくまで辛抱強く待つ釣り人になる。

弁護士は席に着いた証人を注意深く観察していた。ダイアン・スティーブンスは三十代になったばかり。エレガンスのオーラを漂わせている。小作りで端正な顔。柔らかく流れるようなブロンドの髪。緑色の目。均整のとれた肢体。隣の家の女の子のような親しみやすさ。シックな注文仕立ての黒いスーツを着ている。彼女の前日の証言が陪審員たちに好印象を与えたのをルービンシュタインは知っている。彼女をどう料理するか、その扱いには気をつけなければ。

〈釣り人で行こう〉

と、ルービンシュタインは決めた。弁護人は時間をかけてゆっくり証人台に近づき、証人に呼びかける声はとてもやさしかった。

「ミセス・スティーブンス。あなたは昨日、問題の日時に関して証言しましたね？　十月十四日であると。その日あなたはヘンリー・ハドソン・パークウェーに車を走らせていて、タイヤがパンクしたので158通りの出口でハイウェーを出て、フォート・ワシントン・パーク一般道に入ったとのことでしたね？」

「ええ、そうです」

ダイアン・スティーブンスの声は小さくて上品だった。

「高速道路を出るのになぜこの出口を選んだのですか？」

「タイヤがパンクしたからです。どこかで出なければなりませんでした。そのとき林の向こうに家の屋根が見えたので、そこなら誰かに手を貸してもらえるのではないかと思って出たんです。ちょうどわたしの車はスペアタイヤを積んでいなかったものですから」

「あなたは自動車連盟には入っていないんですか？」

「ええ、入っています」

「携帯電話を持っていたんでしょ？」

「ええ」

「でしたら、なぜ連盟に助けを求めなかったんですか？」

「時間がかかると思ったんです」

ルービンシュタインはさも同情しているような口調で言った。

「確かにね。ちょうどそこに家の屋根が見えたわけですね？」

「ええ、そうです」

「それであなたは手を貸してもらおうと思ってその家に近づいたわけですね？」

「はい、そのとおりです」

「周囲はまだ明るかったんですか？」

「ええ、まだ夕方の五時でしたから」

「ということは、周囲がはっきり見えたわけですね？」

「ええ、見えました」

「では、なにを見たんですか、ミセス・スティーブンス？」

「トニー・アルチェリを見て――」

「ほう？　アルチェリ氏に会ったことがあるんですか？」

「いいえ、ありません」

「では、なぜはっきりトニー・アルチェリだと分かったんですか？」

「彼の顔を新聞で何度も見ていましたから」

「被告人らしい写真を何度も見ていたということですね？」

「それはそのう――」

「家のなかでほかになにを見ました?」

ダイアン・スティーブンスはそのときの光景を思いだし、ぶるっと身震いした。答える声も震えぎみだった。

「誰もいなかったものですから、ドアを開けたら、ガラス越しにいきなり見えたんです。部屋のなかに男性が四人いました。一人は椅子に縛りつけられていました。その男性に向かってアルチェリ氏がなにか質問していました。ほかの二人はアルチェリ氏の横に立っていました」

彼女の震え声がつづいた。

「アルチェリさんは拳銃をとりだし、なにごとか叫びながら、その男の後頭部を撃ちました」

ルービンシュタイン弁護士は横目で陪審員たちの反応を観察した。陪審員たちは証言にすっかり魅せられている様子だった。

「あなたはそれからどうしました、ミセス・スティーブンス?」

「車に駆け戻り、携帯電話で警察に電話しました」

「それから?」

「車を走らせ、その場を離れました」

「タイヤがパンクしたままでですか?」

「はい、そうです」

水を少したたいてみるときだ。

「どうして警察が来るまで待っていなかったんですか？」

ダイアン・スティーブンスは被告席のほうを見やった。アルチェリが憎々しげにこちらをにらんでいた。

彼女は思わず目をそらした。

「その場で待っているなんてとてもできませんでした――家から誰か出てきてわたしを見つけないともかぎりませんから」

「それはよく分かります」

と言ってから、ルービンシュタイン弁護士は語調を変えてつづけた。

「しかし分からないのは、あなたの電話を受けて警察が駆けつけたとき、その家には誰もいなかったばかりか、誰かがいた形跡もなかったことです。まして殺人が行なわれた跡などまったくありませんでした」

「そんなこと言われても、わたしは――」

「あなたは絵描きさんですね？」

スティーブンス夫人は予期せぬ質問に意表をつかれた。

「ええ、ええ、それは、わたしは――」

「絵を描く仕事で成功していますか？」

「ええ、そう思いますけど。でも、この件とは――」

竿を上げ、エサを引くときだ。

「この機会に名を売るのもあなたの仕事にとってはプラスじゃないですか？　国中がテレビのニュースであなたを知るわけですから。新聞には一面に顔が出ますし――」

スティーブンス夫人はムッとなって相手をにらみつけた。

「べつに売名行為でやっているわけではありません。無実の人に罪を着せるようなことは――」

「その無実がキーワードなんです、スティーブンス夫人。わたしは依頼人アルチェリ氏が無実であることを疑問の余地なく証明してみせます。あなたはこれで終わりです。ありがとう」

スティーブンス夫人は弁護人の皮肉を無視した。しかし、証人席に戻ったときの彼女のはらわたは煮えくり返っていた。夫人は検事に向かってささやいた。

「もうわたしは帰っていいんですか？」

「ええ、いいですけど、誰かに送らせせましょう」

「そんな必要はありません。一人で帰れますから」

スティーブンス夫人は法廷のドアをくぐり、駐車場に向かって歩いた。そのあいだ、被告人弁護士に言われた言葉が耳の奥から離れなかった。

〈〝あなたは絵描きさんですね？……この機会に名を売るのもあなたの仕事にとってはプラスじゃないですか？〟〉

侮辱である。しかし、裁判全体としては、彼女は自分が市民としての義務を果たしたことに満足していた。見たままを証言したのだ。陪審員たちは信じてくれるだろう。これでトニー・アルチェリは有罪になり、余生を刑務所のなかで送ることになるだろう。それにしても、あの毒気を含んだアルチェリの睨みが忘れられない。夫人はぶるっと身を震わせた。

彼女が駐車券を係員に渡すと、係員は車をとりに走っていった。五分後、スティーブンス夫人は市街地のなかを自宅のある北に向かって車を走らせていた。

小さな交差点に一時停止のサインがあった。スティーブンス夫人はブレーキを踏んで車を止めた。その角に立っていた身なりのきちんとした青年が彼女の車に近寄ってきて言った。

「すみません。道に迷ってしまったのですが、ここから――」

スティーブンス夫人はスイッチを押して窓を下げた。

「ポーランドトンネルに入るのにはどう行けばいいんでしょうか?」

青年の言葉にはイタリア語なまりがあった。

「簡単ですよ。ここをまっすぐ行って最初の交差点を――」

いつの間にか青年は銃をにぎり、その銃口を彼女のほうに向けていた。銃には消音器がついていた。

「さあ、車から出てもらおう。早くするんだ」

夫人の顔がさっと青ざめた。

「分かりましたから、無茶はしないで――」

彼女がドアを開けようとすると、それをよけるために青年は一歩うしろへ下がった。そのすきに、夫人はアクセルペダルを思いきり踏み込み、車を急発進させた。うしろの窓ガラスが銃で撃ち砕かれた。別の銃弾が車の後部に当たり、「どすん」と大きな音をたてた。夫人は心臓がどきどきして息もできないほどだった。

カージャックという犯罪があるのはスティーブンス夫人も新聞記事で読んで知っている。だが、そんなことは自分に関係のない別世界の出来事だと思っていた。なのに、もう少しで殺されるところだった。カージャック犯は殺人まで犯すのか？　スティーブンス夫人は気をとりなおし、携帯電話に手を伸ばした。警察の緊急番号911を押したが、なかなかつながらず、二分も経ってからようやく交換手が出た。

「こちらは911。あなたの緊急の要件は？」

スティーブンス夫人は説明をしながら、こんなことをしても無駄だと悟った。警察が駆けつけるころには犯人はとっくにどこかに行ってしまっているだろう。

「警察官がすぐそちらに駆けつけます。あなたのお名前と住所と電話番号を教えてください」

無駄だと思いながらも、スティーブンス夫人は言われるままの情報を教えた。ふとうしろを見ると、後部座席の窓ガラスに銃弾の穴があき、こまかいヒビがたくさん入っていた。夫人は思わずぶるっと身震いした。とりあえず夫のリチャードに電話して起きたことのすべてを話したかったが、夫はいま緊急のプロジェクトに没頭しているはずだ。いま電話をしたりしたら、彼は心配してかならず駆けつけてくるだろう。仕事の邪魔をして締め切りに間に合わなくなるようなことだけはさせたくなかった。夫に事件のことを聞いてもらうのは家に帰ってからでいいだろう。

いろいろ考えているうちに、ふと思い当たって背すじが寒くなった。

〈あの男はあそこでわたしを待ち構えていたのかしら？　それとも、あれは偶然だったのだろうか？〉

裁判がはじまる前、夫と交わした会話が頭をよぎる。

〈〝証言なんかしないほうがいいと思うね、ダイアン。危険すぎる〟〉

〈〝心配しないで、ダーリン。アルチェリはこれで有罪になって一生刑務所から出てこられないでしょうから〟〉

〈〝でも、あいつには仲間が大勢……〟〉

〈〝でもね、リチャード。もし自分が見たことを証言しなかったら、わたし一生うじうじしちゃうような気がするの〟〉

いろいろ考えたあげく、スティーブンス夫人は自分を安心させるためにも偶然説をとることにした。

〈それほどトニー・アルチェリは愚かではないでしょう。いまわたしに危害をくわえたら、すぐ疑われる。裁判は進行中なのだから〉

スティーブンス夫人は高速道路を出てから、西に向かって走りつづけた。やがてイースト75番通りの自分のアパートがある建物のまえに到着した。地下の駐車場に車を入れる前に彼女はバックミラーでうしろの様子を観察した。すべては正常だった。


スティーブンス夫妻のアパートは建物の一階にあり、広いリビングとフロアから天井に届く大きな窓が特徴だ。大理石づくりの暖炉の前には花柄のソファや肘掛け椅子が置かれ、反対側の壁には造りつけの本棚があり、その横の壁には大きなテレビモニタが据えられている。壁のあちこちには色彩豊かな絵が掛けられている。チャイルド・ハッサムや、ジュール・パッシン、トーマス・バーチ、ジョージ・ヒッチコックなどの作品もある。別の壁には夫人の作品群が飾られている。

階段を上がると、主賓室と、ゲストルームに、日のよく当たるアトリエがある。夫人の仕事場だ。壁には彼女の作品が何点か掛かり、部屋の中央に立てかけられたイーゼルには描きかけの作品が載せられている。

夫人は家に着くや、アトリエに駆け込んだ。そして、描きかけの作品をイーゼルから下ろし、真っ白いキャンバスと差し替えた。彼女を殺そうとした犯人の似顔絵を描くためだ。しかし、夫人は手が震えてなかなか描けなかった。結局、似顔絵描きはあとですることにした。

ダイアン・スティーブンス夫人のアパートに向かって車を走らせながら、グリーン・バーグ警部は重い口を開いた。

「おれはこの仕事がいちばんいやだ」

相棒のプラジッツァ警部補が慰めた。

「つらくても、被害者がテレビのニュースで知るよりはましでしょう」

プラジッツァ警部補は同僚の顔をのぞきこんだ。

「夫人にははっきり話すんですね？」

グリーン・バーグ警部はむっつり顔でうなずいた。うなずきながら警部は有名な刑事物小説の一場面を思いだしていた。殉職したパトロール警察官アダムスの妻に夫の訃報を知らせに行く刑事の話だ。〝あの夫人は感じやすいからな〟、物語のなかで警察署長が警告していた。〝相手の様子を見ながら言葉に気をつけて少しずつ話すんだぞ〟。刑事は歯切れよく返事した、〝心配しないでください。気をつけてやります〟。物語の場面は変わり、刑事はアダムス家のドアをノックする。ドアを開けたのはアダムス夫人その人だった。刑事はあわててあいさつした、〝あなたがアダムス未亡人ですね？〟。

玄関の呼び鈴にスティーブンス夫人はドキッとした。誰か来る予定はなかった。夫人はインターホンに駆け寄った。

「どなたですか？」

「グリーン・バーグ警部です。スティーブンス夫人にお会いしたいんですが」

〈例のカージャックの件だわ〉

スティーブンス夫人はすぐに理解した。

〈警察も行動がずいぶん早いのね〉

夫人は玄関の開閉ボタンを押した。グリーン・バーグ警部は建物の廊下を通り、スティーブンス家のアパートの玄関にやってきた。スティーンブンス夫人は警部の来訪を明るく迎えた。

「こんにちは」

「スティーブンス家の奥様ですね？」

「はい、そうです。早く来てくれてありがとうございます。いま犯人の似顔絵を描きはじめたところなんですけど、なかなかできなくて……」

夫人はため息をついてからつづけた。

「色黒で、茶色い奥目で、ほおにはホクロがありました。拳銃には消音器がついていたんですよ。それに――」

　グリーンバーグ警部は困惑の表情を浮かべた。

「それはなんの話ですか？　わたしは――」

「カージャックの件ですよ。わたしが９１１に連絡した――」

　夫人は警部の表情を見て言い直した。

「カージャックの件でお見えになったのではないですか？」

「いいえ、違います」

　警部はひと呼吸置いてから言った。

「中へ入ってよろしいでしょうか？」

「ええ、どうぞ」

　警部はアパートのなかに足を踏み入れた。夫人は顔をしかめて訪問者の顔を見つめた。

「なんですの？　なにか悪い知らせでも？」

　警部の口からなかなか言葉が出てこなかった。

「ええ。残念なんですが、まあ、そういうことです。お気の毒ですが、悪いニュースです。おたくのご主人のことです」

「なにがあったんです⁉」

　夫人の声は震えていた。

「事故がありまして」

夫人の背すじに寒気が走った。

「どんな事故です？」

警部は深くため息をついた。

「ご主人は昨夜、殺害されました。今朝早くイーストリバーの橋の下で遺体が発見されましてね」

相手を黙って見つめていた夫人はやがて首をゆっくり振りはじめた。

「人違いですよ、警部さん。夫はこの時間、研究所にいるはずです」

訃報の知らせは考えていたより難しいことになりそうだった。

「ご主人は昨夜帰宅されましたか、奥さん？」

「いいえ。夫のリチャードはよく徹夜で仕事をするんです。科学者ですから」

スティーブンス夫人はきっぱりした口調で言った。

「では奥さん、ご主人がマフィアと関係があったのをご存じでしたか？」

スティーブンス夫人は口を開けポカンとした。

「マフィアと関係があるですって？　あなた、気は確かですか？」

「われわれが調べたところ——」

スティーブンス夫人の息遣いが荒くなりはじめた。

「あなたの身分証明書を見せてください」

「はい、はい」

警部はポケットから警察証をとりだし、広げて彼女に見せた。夫人はそれをちょっと見ただけで突き返したかと思うと、いきなり警部のほおにビンタを張った。

「ふざけないでください！　あなたは税金を使いながらそうやって善良な市民をからかって回っているんですか？　わたしの夫は死んでなんていません。仕事中です」

夫人は大きな声できっぱりと言った。グリーン・バーグ警部は思わず夫人の目をのぞきこんだ。彼女のまなこは据わり、その表情が「あんたの話なんか絶対に受け入れるもんか」と言っていた。

「奥さん、一緒にいてくれる人をわたしのほうで誰か手配しましょうか――？」

「一緒にいてくれる人が必要なのはあんたのほうでしょうよ。さあ、出て行ってください！」

「スティーブンス夫人――」

「さあ、早く出て行って！」

グリーン・バーグ警部は名刺をとりだし、それをテーブルの上に置いた。

「もしわたしに連絡したい場合は、ここに番号が書いてありますから」

スティーブンス家のアパートを出ながら、グリーン・バーグ警部は思った。

〈あの説明でよかったんだ。それとも、いきなり〝あなたはスティーブンス未亡人ですか？〟

と言ったほうがよかったかな〉

警察官が出て行くやいなや、スティーブンス夫人はドアに鍵をかけ、身震いしながらため息をついた。

〈バカなやつ！　訪問先を間違ったうえに、それにも気づかず相手をおどかすなんて。警察に連絡してやろうかしら〉

夫人は壁の時計に目をやった。

〈もうじき夫が戻ってくるころだわ。夕食の支度をしなくちゃ〉

今夜は夫の好物のパエリアを作ることになっている。夫人はその準備をするためキッチンへ入った。


夫が機密性の高い仕事に就いているのを知っていたから、スティーブンス夫人は夫のいる研究所に電話を入れたことがない。もし彼から連絡がなかったら、それは帰りが遅くなるという意味である。パエリアは八時にできあがった。夫人は味を見てにっこりした。上出来だった。リチャード好みに仕上がっている。十時になっても夫がまだ戻ってこなかったので、夫人はパエリアを冷蔵庫に入れ、冷蔵庫のドアにメモを貼っておいた。

〝ダーリン、夕食は冷蔵庫のなかに入れてあります。ベッドに入ったらわたしを起こしてね〟

夫のリチャードはいつも空腹で帰宅する。

スティーブンス夫人はどっと疲れが出てきた。服を脱ぐと、ナイトガウンに着替え、歯を磨いてからベッドにもぐりこんだ。そして、数分のうちに眠りに落ちた。

午前三時。彼女は悪夢にうなされ、自分の叫びで目を覚ました。

第二章
ジプシー占い

スティーブンス夫人は夜明けになるまで震えが止まらなかった。彼女が感じた寒気は骨の髄まで震わすものだった。時間の経過とともに警察官の訪問の意味がずしんと体に響いていた。夫は死んでしまった。もう二度とふたたび会えないのだ。あの声にも、抱きしめられたときの腕のなかのあの温かみにも。

〈こうなったのもわたしがいけないんだ。証言なんかに応じなければよかった。ああ、リチャード、許してちょうだい……お願い、わたしを許して。あなたなしでは生きていけない。あな

たはわたしの命だった。生きがいだった。それがもうわたしの前から消えてしまった〉

身を丸めて小さなボールになってしまいたかった。

どこかへ行って消えてしまいたかった。

死んでしまいたかった。

夫人はベッドに横になり、絶望しながら過去を思いだしていた。リチャードとの出会いで自分の人生がどんなに変わったかを。

ダイアン・スティーブンス、旧姓ダイアン・ウェストは、ニューヨークの富裕層が住むサンドポイントで育った。父親は外科医で、母親は画家だった。その母親の影響でダイアンは三歳のときに絵を描きはじめた。中学と高校は全寮制のセント・ポールで学び、大学一年生のときに女子学生に人気のあるハンサムな数学教師と一時的な関係を持った。その教師からは熱烈な愛を打ち明けられ、結婚を申し込まれたが、教師に妻と三人の子どもがいるのが分かり、ダイアンはまるで環境の違うウェルズリー女子大に転校することにした。数学も教師の思い出も自分の将来にマイナスだと判断したからだ。

女子大に転校してからの彼女はとりつかれたように絵を描くことに没頭した。卒業するころの彼女は作品を売るまでに上達していた。有望な新人という評価まで勝ち得ていた。

卒業した年の秋、五番街の有名なアートギャラリーがダイアンの作品展を開いてくれた。ギャラリーのオーナーのポール・ディーコンは裕福で博学なアフリカ系アメリカ人で、以前からダイアンの人柄と才能を高く買っていた男である。

展覧会の初日、会場は入場者でいっぱいだった。オーナーのディーコンが満面に笑みを浮かべてダイアンのところにやってきた。

「おめでとう！　もうほとんどの作品が売れちまったよ。この勢いだと、二、三カ月中に作品展の第二弾を開かないとな。あんたのほうの作品がそろえばだがね」

ダイアンは感激で胸がいっぱいだった。

「すばらしいわ、ポール。あなたのおかげよ」

「いや、あんたの実力さ」

ディーコンは彼女の肩をポンポンとたたいてどこかへ行ってしまった。ダイアンが頼まれてサインをしていたとき、背後から見知らぬ男性に声をかけられた。

「ぼくはあなたの絵のぼかしが好きです」

ダイアンはけなされたと受け止め、カッとなった。相手をやっつけようとふり向いたとき、男はさらにこう言った。

「ロセッティやマネのようなデリケートな線ですね」

男はそう言って、壁にかかっている絵のひとつに目を近づけた。ダイアンはなんとか自分を取り戻した。

「はあ、そうですか」

そう言いつつ、彼女は相手をよく観察した。三十代の半ばとおぼしき男性だった。背は高く、スポーツマンのようにがっしりした体型で、髪の毛はブロンド、目の色は明るいブルー、ベージュ色のスーツに白いシャツ、茶色いネクタイが似合っていた。

「それはどうも」

「絵はいつごろ描きはじめたんですか?」

「子どものときです。母親が画家でしたから」

男はにっこりした。

「ぼくの母親はコックでした。だからぼくは料理が上手です。ぼくはリチャード・スティーブンスと申します。あなたの名前は知っていますから、言わなくてけっこうです」

そのときだった。画廊のオーナーのディーコンが包みを三つ抱えてやってきた。

「はい、お買い上げになった作品です、ミスター・スティーブンス。おたくでゆっくり鑑賞してください」

オーナーは作品をスティーブンスに渡すと、さっさとその場からいなくなった。ダイアンはびっくりして相手を見上げた。

「わたしの作品を三点も買われたんですか?」

「ほかに二点持っていますよ」

「そ、それはどうも」

「ぼくは人の才能が好きなんです」

「ありがとう」

男性はためらいがちに言った。

「お忙しいでしょうから、わたしはこれで――」

展覧会の成功と個人的に褒められたことでダイアンはポーッとなっていた。口から出る言葉も他人がしゃべっているようにうわずっていた。

「いいんです。わたし、別に忙しくなんてありませんから」

「それはよかった」

男はにっこりしてから、なにか言いたそうにもぞもぞしていた。

「ひとつお願いがあるんですが、聞いていただけますか、ミス・ウェスト？」

なぜかダイアンは本能的に男性の左手を見た。結婚指輪はしていない。

「ええ。なんですか？　どうぞ」

「明日の晩、ノエル・コーズの『快活な精神』のリバイバルが開幕するんですが、その切符を二枚持っているんです。もし時間の都合がついたら、一緒に行ってくれますか？　ぼくは相手がいないんです」

ダイアンはちらりと男の様子を観察した。ハンサムで人柄はよさそうだったが、相手はなんと言っても見知らぬ他人だ。

〈危険すぎる〉

ダイアンの耳に自分の意思とは違う自分の声が聞こえた。

「ええ、喜んでお供します」

予想外に楽しい夜になった。前の晩に絵を買ってくれただけの赤の他人のリチャード・スティーブンスだったが、一緒にいてとてもおもしろく、ダイアンにぜんぜん堅苦しさを感じさせなかった。特に音楽と絵画の話になると、二人には共通の話題がたくさんあった。その日はむしろダイアンのほうが彼に惹かれ、相手の気持ちが気になるほどだった。その夜の終わりにリチャードが言った。

「明日の夜は忙しいですか？」

ダイアンはためらわずに答えた。

「ええ、なにもありませんけど」

二人は次の夜もソーホーにある静かな落ちついたレストランで夕食をとった。

「あなたのことを話してくれる、リチャード？」

「語れることなんてあまりありませんよ。ぼくはシカゴで生まれて、親父は建築家で、世界中飛びまわっていろんなビルをデザインしていました。だから、ぼくも母さんも一緒に世界中を歩かされ、おかげでぼくは何カ国語もしゃべれるようになりました。自衛のためですよ」

「お仕事はなにをされているんですか?」

「KIG――シンクタンクのキングスレー・インターナショナル・グループで働いています」

「おもしろそうな仕事ですね」

「ええ、魅力あります。最先端の技術を研究するのが仕事です。われわれのモットーを強いて言えば、今日答えが得られなければ明日得よう、です」


食事のあとリチャードはダイアンを彼女の家まで送った。家の前に着くと、彼はダイアンの手をとり、目を見つめながら照れくさそうに言った。

「今夜はとても楽しかった。どうもありがとう」

そう言っただけで、彼はさっさと帰ってしまった。ダイアンはその場に立って彼を見送った。

〈よかった。あの人が送り狼じゃなくて。本当によかったわ〉

それ以来、二人はほとんど毎夕一緒だった。ダイアンに対してリチャードはいつも温かかった。

金曜日の夜、リチャードが言った。

「土曜日はいつもリトルリーグのコーチをしているんだけど、来て見ないかい？　おもしろいよ」

ダイアンは即うなずいた。

「ええ、参加します、コーチ」

次の日は晴天だった。爽やかな風のなかでダイアンは、彼が野球少年たちをコーチするのをベンチに座って眺めた。リチャードは少年たちに対してやさしく、しかもとても辛抱強かった。十歳のティムがファインプレーをすると、自分のことのように跳び上がって喜んだ。少年たちにはとても好かれているようだった。ダイアンは自分の気持ちがコントロールできなくなっていた。

〈わたし、この人のこと好きになってしまったみたい〉


数日経ったある日、ダイアンは親しい友人たちと女同士の気楽なランチを食べた。レストランを出たところにジプシーの占い師が屋台の店を開いていた。

ダイアンは衝動的にみんなを誘った。

「未来を占ってもらわない？」

「だめよ、今日は。すぐ仕事に戻らなくちゃいけないから」

「わたしもだめ」

「わたしはジョンを迎えに行かなければならないから、やはりだめだわ」

「わたしたちにかまわず、あなた一人で見てもらいなさいよ」

「分かった。そうするわ。じゃね」

五分後、ダイアンはしわだらけの老婆と向かいあって座っていた。薄汚れたショールを頭からすっぽりかぶった老婆は前歯ぜんぶが金歯だった。

〈こんな店に寄らなければよかった〉

ダイアンはすぐ後悔した。

〈バカみたい。適当に話を聞いたらさっさと帰ろう〉

しかし、ダイアンは、なぜ運勢を見てもらう気持ちになったのか、その理由がちゃんと分かっていた。リチャードとの未来が幸せだと言ってもらいたかったのだ。

〈当たるも当たらぬも八卦だわ〉

彼女はそう割り切って、老婆がはじめるのを待った。

ダイアンが見つめるなか、老婆はタロットデッキをとりだし、うつむいたままカードをシャッフルしはじめた。ダイアンは不思議にドキドキしてきた。

「わたしが知りたいのは――」

「シーッ」

老婆はカードを一枚めくった。色鮮やかな装束のピエロの絵だった。老婆はそれをしばらく見つめてから言った。

「あなたにはたくさん秘密がありますね」

老婆がカードをもう一枚めくった。

「これは月。あなたには不安な未来を知りたいという願望がありますね」

ダイアンは躊躇しながらうなずいた。

「男のことだね?」

「ええ」

老婆は三枚目のカードをめくった。

「これは恋人同士のカード」

ダイアンはにっこりした。

「吉兆ですか?」

「よく見てみよう。これからめくる三枚のカードがその答えを出してくれるから」

老婆はまず一枚目のカードをめくった。

「吊るし首の男」

老婆は顔をしかめ、二枚目をめくるのをためらった。が、めくらないわけにはいかなかった。

「悪魔だね」

老婆は独り言のようにつぶやいた。

「それは悪いことなの？」

ダイアンは気軽な口調で応じた。ジプシーの老婆はなにも答えなかった。ダイアンが見つめるなか、老婆は三枚目をめくり、その絵を見て首を振りはじめた。

「死のカード」

老婆の声は不気味に低かった。ダイアンはすっくと立ち上がり、腹立たしげに言った。

「わたし、こんなこと信じない」

老婆はダイアンを見上げて言った。低い声には妙な響きがあった。

「信じる信じないはおまえさんの自由さ。でも、あんたには死がとりついている」

第三章

ソニア・ベルブルーゲの行方
ドイツ、ベルリン

ベルリン警察所属の刑事部長オットー・シーファーは二人の制服警察官を伴い、アパートの管理人カール・ゲーテと一緒にバスタブの底に横たわる素っ裸の女性の遺体を見下ろしていた。バスタブには水があふれていた。遺体の首の周囲にはかすかなアザが認められた。

オットー刑事部長は指先を水に浸した。

「冷たいや」

刑事部長はバスタブの横に置いてあった空の酒瓶のにおいをかいだ。それから、アパートの管理人に顔を向けた。

「彼女の名前は?」

「ソニア・ベルブルーゲです。彼女の夫の名前はフランツ・ベルブルーゲ。確か科学者だと聞いていますが」

「夫婦でここに住んでいたんだね?」

「ええ、もう七年になります。いい人たちでしたよ。家賃は期限内にきっちり払うし、問題を起こしたことはありません。みんなから好かれていて……」

管理人は余計なことを言いそうになる自分に気づき、そこで口をつぐんだ。

「ベルブルーゲさんはなにか仕事に就いていたんですか?」

「ええ。サイバー・インターネットカフェで働いていましたよ。お金をとってコンピューターを使わせるカフェです」

「あなたはなにがきっかけで遺体に気づいたんですか?」

「バスタブの水漏れでね。いままでも何度か修繕したんですが、まだ完全に直ってなかったみたいですね」

「ということは?」

「今朝、この下の住人から水漏れがあるって苦情が来たんですよ。それで、このアパートのドアをノックしたんですが、返事がなかったので、やむなくマスターキーを使って入ったんです。

そしたらご覧のとおりのありさまで……」

管理人はそこで声を詰まらせた。そこに別の刑事がやってきて言った。

「キャビネットにアルコールの瓶はありませんでした。ワインならありましたが」

刑事部長はうなずいた。

「だろうな」

刑事部長はバスタブの横の酒瓶を指差して言った。

「これの指紋をとっておいてくれ」

「承知しました」

刑事部長は管理人に顔を向けた。

「いまベルブルーゲ氏はどこにいますかね？」

「わたしは知りません。あの人が朝仕事に出かけるときはいつも見かけるんですが……」

管理人は両腕を広げ、首をすくめた。

「今朝は見なかったのかね？」

「見ませんでした」

「出張にでも出たのかな？」

「さあ、それはわたしも分かりません」

刑事部長は部下の警察官をふり返った。

「ほかのテナントの聴き込みをはじめろ。特に、ベルブルーゲさんが最近落ち込んでいたかどうか、夫婦げんかがあったかどうか、彼女がアル中だったかどうか、その点の情報を集めてくれ」

そう言ってから、刑事部長は管理人のほうに向き直った。

「これから旦那のほうを調べてみるけど。もし管理人さんのほうでなにか思い当たることがあったら——」

管理人は待ってましたとばかりに答えた。

「これは関係ないかもしれませんが、テナントの一人に聞いたんですが、昨日の夜この建物の前に救急車が止まっていたそうです。なにか事故なのかと住民がわたしのところに訊いてきたので、わたしが外に出てみると、救急車はいなくなっていました」

「なにか関係ありますかね?」

刑事部長は首をかしげた。

「調べてみよう」

「ベルブルーゲさんはどうしますか——? 遺体はこのままにしておくんですか?」

管理人はまだおろおろしていた。

「検死官がもうじき到着します。水は流して、遺体にはタオルでもかけておいてください」

第四章

スティーブンス夫人がダイアンだったころ

〈ご主人は昨夜、殺害されました。今朝早くイーストリバーの橋の下で遺体が発見されました……〉

あのときからダイアン・スティーブンス夫人の時間は止まったままだ。彼女はただボーッとして、思い出だけが残る広いアパートのなかを行ったり来たりして時を過ごしていた。家のなかの温かみは消え、居心地のよさはなくなり、リチャードがいなくなった空間は単なる冷たいレンガの囲いでしかなかった。ここが生き返ることは決してないだろう。

スティーブンス夫人は長椅子に座り込み、目を閉じた。

〈リチャード、ダーリン、わたしたちが結婚した日、あなたはわたしに訊いたわね？　贈り物になにが欲しいって。なにも欲しくないってわたしは答えたわ。でも、いまは欲しい。あなたに戻ってきてほしい。見えなくてもいいから、わたしをここで抱いて。あなたはすぐそばにいるんでしょ？　あなたの温もりをもう一度思いださせてちょうだい。あなたの手でこの胸をなでてちょうだい……わたしのパエリアがおいしいと言ってくれるあなたの声をもう一度聞きたい……ベッドのカバーをひっぱるなって文句を言うあなたの声が聞きたい……わたしのことを〝愛してる〟ってもう一度言ってちょうだい……〉

夫人はどっと流れだす涙をこらえようとしたが、できなかった。

夫の死を受け入れてからのスティーブンス夫人は、玄関に鍵をかけ、暗い部屋に閉じこもったまま、電話にも出なければ、ドアの呼び鈴にも返事をしなかった。まるで穴にこもって傷が癒えるのを待つ怪我をした動物のようだった。夫人は自分一人で心の痛みに耐えたかった。

〈リチャード、わたし〝愛してる〟って何度も言いたかったの。あなたにも〝愛してる〟って言い返してもらいたかったから。でも、飢えてると思われたくなくてあまり言えなかった。わたしはバカだった。もっと思いきりたくさん言えばよかった〉

しかし、鳴りやまない電話のベルと、いつまでも立ち去らないドアのノックに根負けして、スティーブンス夫人はようやくドアを開けた。親友のキャロラインがそこに立っていた。

「ひどい顔してるじゃないの」

親友の声はやさしかった。

「みんなが心配してるわよ。いくら電話しても返事がないって」

「ごめんなさい、キャロライン。でもわたし、どうしても——」

キャロラインは近づいてダイアンを抱き寄せた。

「つらいのは分かっているわよ。でも、あなたに会いたいという友達がたくさんいるんだから」

ダイアンは首を横に振った。

「でも、わたし——」

「しっかりしなさい、ダイアン。リチャードの人生は終わってしまったのよ。でも、あなたのはまだこれからじゃないの。愛している人たちから逃げてはだめ。わたし、これからしょっちゅう来るわよ」

友達がひっきりなしにアパートにやってくるようになった。スティーブンス夫人はお悔やみの言葉を耳にタコができるほど聞かされた。

「こう考えたらどうなの、ダイアン？　リチャードはいま天国で安らかに……」

「彼は幸せの国に旅立ったと……」

「リチャードは天使たちの仲間入りをして……」

スティーブンス夫人は〝もうたくさんよ〟と悲鳴をあげたかった。

画廊のオーナーのポール・ディーコンもやってきた。ディーコンは腕を広げてダイアンを抱きしめ言った。

「いくら連絡しても返事がなかったから……」

「ごめんなさい」

「リチャードのことは残念だった。まれに見る紳士だったからね。でもね、ダイアン、こういうふうに引きこもっちゃだめだよ。きみの作品を待っている人たちがたくさんいるんだ」

「でも、もう絵なんて描けそうもないわ。どうでもよくなっちゃって。わたしはもう終わりです」

ディーコンさえも彼女を説得できなかった。


次の日も玄関の呼び鈴が鳴った。スティーブンス夫人は気が進まないままドアのところへ行き、のぞき穴から外を見た。何人かのグループが来ているらしかった。ドアを開けてみると、十人ほどの少年たちだった。少年たちの一人は花束を抱えていた。

「おはようございます、スティーブンス夫人」

少年は花束を夫人に差しだした。

「ありがとう」

夫人はようやく少年たちが誰だか思いだした。リチャードがコーチしていた少年野球チームの子どもたちだ。これまでかぞえきれないほどの花束やカードやEメールを受け取っていたスティーブンス夫人だが、少年から差しだされた花束ほど心を打たれるものはなかった。

「さあ、みんな、中へ入って」

スティーブンス夫人が手招きすると、少年たちはぞろぞろと部屋に入ってきた。

「ぼくたちがどんなに残念に思っているか伝えに来ました」

「あなたのご主人は本当にすばらしい人でした」

「グレートガイ」

「コーチのアドバイスはいつも役に立ちました」

スティーブンス夫人は涙をこらえるのがやっとだった。

「ありがとう。リチャードもあなたたちのことをすばらしい少年たちだって言っていましたよ。あなたたちのことをとても誇りにしていました」

スティーブンス夫人はため息をついてからつづけた。

「みんな何か飲む?」

最初に彼女がリチャードのコーチぶりを見物した日、大きなフライをナイスキャッチした少年が口を開いた。

「いいえ、ぼくたち何もいりません。ただリチャードがいないのが寂しいと思ってお邪魔しただけです。花束はみんなでお金を出しあって買いました。十二ドルでした。ただ、ぼくたちがとても残念に思っていることを知ってください」

スティーブンス夫人は子どもたちを見回しながら静かに言った。

「ありがとう。みんなが来てくれたことをリチャードもきっと喜んでいますよ」

やがて少年たちは口々に「さよなら」を言いながら去っていった。スティーブンス夫人は最後の少年を見送ってからドアを閉めた。リチャードに誘われて少年野球を観戦したあの日のことが思いだされる。リチャードは自分も仲間の一人であるかのように、彼らの言葉で少年たちに話しかけていた。少年たちもリチャードの命令を喜んで受け入れていた。

〈あの日わたしはあの人のことが好きになったんだわ〉

遠くから雷の音が聞こえていた。やがて大粒の雨が窓をたたきはじめた。まるで天の涙のようだった。

思い出は尽きなかった。あの日は休日の重なる週末だった。

「ピクニックって嫌い？」

リチャードが訊いた。

「大好きよ」

リチャードがにっこりした。

「そう思ってちょっと計画したんだ。明日の午後迎えに行くよ」

絶好の行楽日和だった。リチャードはセントラルパークでのピクニックをアレンジしていた。ナイフやフォークばかりでなくテーブルクロスまで用意してあった。ピクニックバスケットのなかをのぞいてダイアンは思わず笑ってしまった。あるわあるわ、ローストビーフに、ハムに、チーズに、大きなパテに、飲み物。デザートは何種類もそろっていた。

「団体用の食事みたいじゃないの。ほかに誰かが来るの？」

自分でそう言ったとき、禁断の人物像が彼女の頭をかすめた。

〈もしかしたら牧師さんが来るの？　結婚式をここでやるの？〉

彼女は勝手に顔を赤らめた。その様子を見てリチャードが訊いた。

「大丈夫かい、ダイアン？」

〈大丈夫かですって？　最高に幸せよ〉

「ええ、大丈夫よ」

リチャードはうなずいた。

「誰か来る前にぼくたちだけで食べちゃおうぜ」

食べながら二人はよくしゃべった。話題がひとつ終わるたびに二人の距離は狭まっていた。若い二人のあいだにはセックスへの緊張が高まりつつあった。二人ともそれを感じていた。ところが、この欠けることのないデートの真っ最中に大粒の雨が降りだした。二人はあっという間にずぶ濡れになった。

リチャードが残念そうに言った。

「こんなことになってごめん。もっと天気予報をよく見ておくべきだった。おかげでせっかくのデートが台なしになっちゃって――」

ダイアンは彼にぴったり寄り添い、やさしい声で言った。

「そうかしら」

次の瞬間、二人は抱き合っていた。唇を重ねたのはダイアンのほうからだった。彼の体から熱い熱が伝わってくるのが分かった。

ようやく手を離してから、彼女が言った。

「このびしょ濡れの服をなんとかしなくちゃね」

リチャードは笑った。

「そうだね。じゃないと、風邪を引くから――」

ダイアンは迷わず提案した。

「あなたのところ？　それとも、わたしのアパートにする？」

リチャードの口が急に重くなった。

「いいのかい、ダイアン？……ぼくは遊びのつもりで付き合ってるわけじゃないから……」

ダイアンは小さいがきっぱりとした口調で言った。

「わたしもそうよ」

三十分後、二人はダイアンのアパートで着替えをしていた。というよりも、抱き合いながらお互いに着ているものを脱がしあっていた。彼の手がダイアンの秘部を求めて動いていた。やがて二人はこらえきれなくなってベッドの上に倒れこんだ。

魔法のときだった。リチャードはやさしくて情熱的で狂おしかった。リチャードの舌が彼女の上を滑っていった。まるで温かい波がビロードのビーチに押し寄せてくるような心地よさだった。やがて彼が深く入ってきた。ダイアンにとっては満ち足りた瞬間だった。

その日二人はずっと一緒だった。夜遅くまで話し込んでは、情熱の赴くままに抱き合った。二人のあいだの壁は完全になくなっていた。心を広げてなんでも話し合える仲になっていた。言葉では言い表わせないほど幸せだった。すばらしい時間だった。

朝になって、ダイアンが朝食を用意しているとき、リチャードが背後から呼びかけた。

「ぼくと結婚してくれるかい、ダイアン？」

ダイアンはふり返り、小さな声で言った。

「ええ、するわ」

ひと月後に結婚式と相成った。友人や家族が集う温かい式になった。満面に笑みを浮かべるリチャードを見てダイアンは思った。

〈あのジプシー占いはやっぱりインチキだったわ〉

式から一週間後、新婚旅行にフランスへ行くことになった。しかし、リチャードが仕事場から電話をしてきた。

「新しい企画が急にできちゃって、手が離せなくなりそうだ。新婚旅行を二、三カ月延ばしてもいいかい？　ごめんね、ベイビー」

ダイアンは明るく答えた。

「もちろんかまわないわよ、ダーリン」

「時間はあるだろ？　昼食を一緒に食べない？」

「いいわね」

「フランス料理なんてどうだい？　いいレストランを知っているんだ。三十分したら迎えに行くよ」

三十分後、リチャードはアパートから出てくるダイアンを迎えた。

「ハーイ、ハニー。これからうちの客を空港まで送ることになっているんだ。ヨーロッパに行くらしい。その人を見送ってからランチにしよう」

ダイアンはリチャードを抱きしめて言った。

「いいわよ」

ケネディ国際空港に着いてからリチャードが言った。

「その客は自家用機を持っているんだ。専用滑走路で会うことになっている」

二人は警備員に通され、自家用機専用の滑走路に降り立った。チャレンジャー機が駐機してあった。リチャードは周囲を見回して言った。

「客はまだ来ていないらしい。飛行機のなかで待とう」

「オーライ」

二人はタラップを上がり、ドアをくぐった。自家用機ならではの豪華な機内だった。すでにエンジンが鳴っていた。

コックピットからフライトアテンダントが現われた。

「おはようございます」

「おはよう」

リチャードとダイアンは笑みを浮かべながらあいさつを返した。二人が見ている前でフライトアテンダントは入り口のドアを閉めた。ダイアンが気をもんで訊いた。

「お客さんは時間にルーズな人なの？」

「いや、そろそろ来るころだ」

エンジン音が大きくなり、チャレンジャー号はタクシーングをはじめた。ダイアンは窓の外に目をやり、顔色を変えた。

「リチャード、大変！　飛行機が動いているわよ！」

リチャードはびっくりした顔でダイアンを見つめた。

「嘘だろ?」

「窓の外を見てよ!」

ダイアンはパニックになって叫んだ。

「パイロットに言ったほうがいいわよ――」

「なんて言えばいいんだい?」

「止めるように言うのよ!」

「そんなことできないよ。もう走りはじめているんだから」

ダイアンは目をまん丸にしてリチャードを見つめた。口もきけないほど動転していた。

「わたしたち、どこに連れていかれるの?」

「あれ、言わなかったかい? パリへ行くんだよ。フランス料理がいいって言ったじゃないか」

ダイアンは吸い込んだ息を全部吐きだした。しかし、彼女の顔にあった怯えた表情は消えていた。

「でもリチャード、いまパリに行くわけにはいかないわ。だって、服もないし、メイク道具もないし、それにわたし――」

リチャードはすまし顔で答えた。

「パリにも店はあるって聞いてるけど」

黙って彼を見つめていたダイアンは、腕を広げると、リチャードの胸のなかへ飛び込んでいった。

「あなたはバカよ。わたし大好き」

リチャードは顔をほころばせて言った。

「ハネムーンをしたいんだろ？　さあ、行こう」

第五章
葬祭社に届けられた手紙

オルリー空港に着くと、リムジンが滑走路の横に待機していた。それに乗り込んだ二人の着いた先はパリの高級ホテル、プラザ・アテネだった。マネジャーが二人を迎えた。

「スイートルームの用意ができています、スティーブンスご夫妻」

「サンキュー」

二人にあてがわれたのは豪華なスイート310号室だった。マネジャーがドアを開けた。部屋に足を踏み入れたダイアンはびっくりして思わず足を止めた。壁にはたくさんの絵がかかっていた。どれも彼女の作品だった。ダイアンはリチャードをふり向いた。

「わたしの知らないあいだに――どうしてこんなことが――あなたって」

リチャードは無邪気に答えた。

「ぼくは知らないよ。ここのホテルのインテリアデザイナーの趣味がいいんじゃないかな」

ダイアンはリチャードに飛びつき、情熱的にキスした。

パリはおとぎの国だった。まず二人は、着替えを買うため《ジバンシー》に立ち寄った。それから、服を入れるためのスーツケースを求めて《ルイ・ヴィトン》へ行った。

そのあとは、コンコルド広場までシャンゼリゼ通りをぶらぶら歩き、語りつくされた凱旋門やブルボン宮殿やマドレーヌ寺院を見物した。

ヴァンドーム広場を歩いたり、ルーブル美術館で一日過ごしたりもした。ロダン美術館で彫刻の庭を散策したり、《オーベルジュ・ドゥ・トロワ・ボヌール》や、《オー・プティ・シェ・ソワ》や、《ドゥ・シェ・ポー》などのレストランでロマンティックなときを過ごしたりもした。

そんななかでダイアンが変に思ったことが一度だけあった。妙な時間にリチャードに電話がかかってきたことだ。

「いまの電話、誰なの?」

午前三時にリチャードが電話を終えたとき、ダイアンは気になって訊いた。

「いつもの仕事さ」

〈こんな時間にいつもの仕事?〉


「ダイアン!　ダイアン!」

スティーブンス夫人はハッとわれに返った。親友のキャロラインが目の前に立ち、こちらを見下ろしていた。

「あなた大丈夫?」

「ええ、わたし――大丈夫だけど」

キャロラインは親友の肩に腕をまわして言った。

「まだ時間が経ってないから無理もないわ」

キャロラインはためらいがちにつづけた。

「ところで、葬儀の手配はもうしたの?」

〈えっ!　葬儀だって〉

こんな悲しい言葉があるだろうか。死を思いださせる絶望のこだま。

「時間がなくてまだ――」

「わたしに任せなさい。わたしが棺もよさそうなのを選んで――」

「だめよ！」

彼女が発したひと言は本人が意図するよりも意地悪く聞こえた。親友は分からないといった表情でダイアンを見つめた。答えるダイアンの声は震えていた。

「分かるでしょ？　わたしがリチャードにしてあげられるのはもうこれしか残っていないのよ。葬儀は特別なものにするわ。友達には全員に集まってもらって」

スティーブンス夫人の両目から涙がぽろぽろと落ちていた。

「ダイアン」

「リチャードがゆっくり休めるようわたしが棺を選ぶわ」

キャロラインはもうそれ以上なにも言えなかった。


その日の午後、署にいたグリーン・バーグ警部のところに電話が入った。

「ダイアン・スティーブンスという人から電話です、警部」

〈やめてくれよ〉

グリーン・バーグ警部は彼女にビンタを張られたことを反射的に思いだした。

〈今度は何なんだ？　どうせまた文句だろう〉

気が進まないまま警部は受話器をとった。

「グリーン・バーグ警部」

「わたし、ダイアン・スティーブンスです。用件がふたつあって電話しました。ひとつは、あなたに謝るためです。先日は失礼しました。ごめんなさい」

警部はちょっと拍子抜けして答えた。

「謝る必要なんてありませんよ、スティーブンス夫人。あなたのつらい立場は分かりますから」

警部はそれだけ言って相手の反応を待った。だが、答えはなかった。

「用件がふたつあるっておっしゃいましたね。ふたつめの用件ってなんですか？」

「ええ、そうです。わたしの夫のことです」

スティーブンス夫人の声が裏返った。

「夫の遺体はまだ警察署のどこかに保管されています。いつわたしのところに戻してくれるんですか？　ダルトン葬儀社に葬儀の準備を依頼しようと思って――」

彼女の声の暗さに警部はひるんだ。

「これは事件がらみですからね、スティーブンス夫人。まず最初に検死官が解剖の結果を報告書にまとめなければなりません。そして、必要なら、それを各部署に――」

と、警察の立場を説明しながらも、相手の気持ちを察して警部は自分で判断した。

「では、こうしましょう。いろいろ大変でしょうから、わたしのほうで手配します。二日待ってください。全部終えてご主人の遺体をそちらに戻すようにします」

「それは——どうもありがとうございます——」

彼女は声を詰まらせ、語尾がはっきり聞こえないまま電話は切れた。グリーン・バーグ警部はそこに座ったまま、しばらくスティーブンス夫人のことを考えた。彼女がどんなにつらい思いをしているか容易に想像できた。警部は立ち上がると、さっそく解決に乗り出した。


ダルトン葬祭社はマディソン・アベニューのイーストサイドにある。その入れものは南部の館様式で造られた二階建てのしゃれたビルで、柔らかい照明や地味めのカーテンなどで内装の趣味はよい。

スティーブンス夫人は受付の前に立った。

「ジョーンズさんに会う約束なんですけど。わたしはダイアン・スティーブンスです」

「分かりました」

受付係が内線電話をすると、まもなく灰色頭の明るい顔をした社長がやってきてダイアンにあいさつした。

「わたしが社長のロン・ジョーンズです。話は電話でおうかがいしました。いまがいちばんつらいときですね、スティーブンス夫人。ご遺族の方の負担をできるだけ軽くして、式をご希望どおりに運ぶのがわたしたちの仕事です」

ダイアンは自信なげに答えた。

「わたし――どうしたいかもまだ分からないんです」

社長はうなずいた。

「少し説明させていただきます。わたしどものサービスは棺の用意と、遺族の関係者を集めた追悼式の実行と、墓石の用意と埋葬です」

葬祭社の社長はちょっと言いづらそうにしながら先をつづけた。

「新聞で読んだご主人が亡くなったときの様子から察して、棺は閉めたままをご希望だと思うのですが――」

「いいえ!」

社長はびっくりしてスティーブンス夫人を見つめた。

「しかし、それでは――」

「棺は開いたままを希望します。リチャードが友達全員を見れるようにしたいんです……集まる人たちも……」

彼女の言葉はそこで尻切れとんぼになった。相手を思いやって社長が言った。

「分かりました。では、こうしましょう。わたしのほうで優秀な化粧師を手配します」

社長は上手な言い回しで言った。

「それだけはどうしても必要です。よろしいですね？」

〈リチャードはいやがるでしょうけど〉

「ええ」

「もうひとつあるんですが。埋葬のときにご主人に着せる服が欲しいんです」

スティーブンス夫人はショックの表情を浮かべた。赤の他人がリチャードの裸体をいじくるなんて。夫人はその場を思ってぶるっと身震いした。

「スティーブンス夫人？」

〈だったら、わたしが着せるわ。でも、変わり果てたリチャードの姿を見るのは耐えられない。それがこれからの思い出になるなんて――〉

「スティーブンス夫人？」

スティーブンス夫人は生唾を飲み込んだ。

「そんなこと考えていませんでした」

彼女の声はくぐもった。

「ごめんなさい――」

夫人はそれ以上話がつづけられなかった。葬祭社の社長の見ている前で彼女はよろよろと外に出ると、手をあげて通りがかりのタクシーを止めた。

アパートに戻ったスティーブンス夫人はリチャードのクローゼットに向かった。二本のラックに彼のスーツがたくさんかかっていた。その一着一着に忘れられない思い出がある。ベージュ色のスーツは二人が画廊ではじめて会ったときにリチャードが着ていたものだ。

〈〃ぼくはあなたの絵のぼかしが好きです……ロセッティやマネのようなデリケートな線ですね……〃〉

この服を着せるべきだろうか？　いや、それはだめ！

彼女の手がそのとなりのスーツをつかんだ。ピクニックに着て行ってびしょ濡れになった、明るいグレーのスポーツジャケット。

〈〃あなたのところ？……それとも、わたしのアパートにする？……〃〉

〈〃ぼくは遊びのつもりで付き合ってるわけじゃないから……〃〉

〈〃わたしもそうよ……〃〉

これだけは手放せない。

その横に吊るしてあるのはピンストライプのスーツだ。

〈〃フランス料理なんてどうだい？……いいレストランを知っているんだ……〃〉

ネイビーブレザー……スエードのジャケット……。スティーブンス夫人は紺のスーツをハンガーからはずし、それを抱きしめた。

〈どれも手放せないわ〉

鼻を鳴らしてしくしく泣きながら、彼女はなんでもいいから手に当たったスーツをひとつとりあげ、クローゼットを出た。

次の日の午後、夫人の留守番電話にボイスメッセージが入っていた。

「スティーブンス夫人、グリーン・バーグ警部です。こちらの用事はすべて済みました。わたしのほうから葬祭社に話してそちらに移送しておきましたから、計画をご希望どおりに進めてけっこうです……」

ちょっと間があってから、メッセージは次の言葉で終わっていた。

「では、どうぞお大事に……さよなら」

スティーブンス夫人は葬祭社に電話を入れた。

「主人の遺体はそちらに届いていますね？」

「はい、スティーブンス夫人。すでに化粧師が仕事をはじめています。ご主人の服も受け取りました。ありがとうございました」

「では――今週の金曜日に葬儀ということで大丈夫ですね？」

「ええ、金曜日でけっこうです。それまでにこちらでやるべきことをすべてやっておきます。開始は午前十一時がいいと思うのですが」

〈あと三日でリチャードとわたしは永遠に離れ離れになる。わたしが彼のもとに行かなけれ

ば〉

　木曜日の朝、スティーブンス夫人は葬儀の招待客の名簿をぼんやり見つめていた。そのときに電話が鳴った。

「スティーブンス夫人ですね？」

「ええ、そうですが」

「葬祭社のロン・ジョーンズです。手紙で葬儀の変更のご指示をいただきましたが、ご希望どおりに実行しましたので、その件をお知らせします」

　スティーブンス夫人はなんの話か分からなかった。

「手紙で指示ですって？」

「ええ。昨日、フェデックスで届いた手紙ですよ」

「わたし、手紙なんて送っていませんけど」

「わたしも手紙を見てちょっと驚いたんですがね。でも、はっきりそう書いてありましたもので。ご希望どおりご主人の遺体は火葬に付しました」

第六章
ケリー

同じ年代。別の場所。のちにダイアン・スティーブンスと運命の出会いを果たす女性がダイアンとは対照的な逆境のなかで育っていた。

ケリーは私生児としてフィラデルフィアで生まれた。母親のエセルは街の白人有力者宅、ターナー家で働く黒人のメイドだった。ターナー家の主は厳格な判事だった。エセルは当時十七歳で美しかった。判事の一人息子のピートはブロンドの髪をしたハンサムな青年だった。エセルに強く惹かれていた二十歳のピートは、ある日チャンスを見て彼女に手を出した。一カ月後、エセルは妊娠していることに気づいた。ピートに打ち明けると、彼は言った。

「それは――それはすばらしい」

ピートは思いきって父親の書斎に入り、この悪いニュースを打ち明けた。

次の日の朝、ターナー判事はエセルを書斎に呼びつけて申し渡した。

「売春婦を雇っておくわけにはいかない。おまえはクビだ」

貯えもなく学歴も特技もないエセルがやっと就けた仕事は長時間働かなければならないビルの清掃作業だった。それを彼女は乳飲み子を抱えながら務めなければならなかった。それでもエセルは頑張り、五年間にためたお金で掘っ立て小屋を買うことができた。それを彼女は自分の手で独身男性用の下宿屋に改造した。居間とダイニングルームのほかに、小さな寝室が四つできた。幼いケリーは狭い掃除用具置き場に寝かされた。

それ以後、見知らぬ男性が住み込んでは去って行った。

「みんなあんたのおじさんだよ」

ケリーはそう聞かされた。

「だから、いい子にしてかわいがってもらうんだよ」

ケリーはおじさんが大勢いるのがうれしかった。しかしそれは、全員が他人だと分かる年齢になるまでのことだった。

ケリーが八歳のとき、ある夜彼女が眠っていると、暗闇のなかで低いしわがれ声に起こされた。

「シーッ、声を出すんじゃないぞ」

びっくりしたケリーは抵抗する前にナイトガウンをまくられ、口を男の手でふさがれていた。〝おじさん〟の一人が彼女の上に乗ってきた。おじさんは力づくで彼女の股を広げ、ケリーは叫んで暴れようとしたが、強く押さえつけられていてそれができなかった。男の一部が体のなかに入ってくるのが分かった。拷問を受けるような痛みだった。男は情け容赦なかった。奥深くまで入ってきて、彼女のウブな皮膚をこすった。ケリーは血が流れるのが分かった。暗闇のなかで囚われの身になった彼女は、気絶しそうになるのをこらえ、口のなかで悲鳴をあげつづけた。

永遠のような長い時間のあと、男は一度震えたかと思うと、ようやく彼女の上から降りた。

「おれはこの下宿を出て行くけど、このことは絶対に母ちゃんに言うんじゃないぞ。言ったら、おれは戻ってきておまえの母ちゃんを殺すからな」

男はそう言い置いて出て行った。それからの一週間は惨めこのうえなかった。痛む体をいたわりながら、なにごともなかったかのように振る舞うのはとてもつらかった。しかし、そうこうしているうちに痛みだけは消えた。母親に訴えたかったが、それはあえてしなかった。

〈〝言ったら、おれは戻ってきておまえの母ちゃんを殺すからな〟〉

乱暴された時間は短かったが、その数分がケリーの人生を変えた。

幸せな結婚と家庭づくりを夢見る乙女から、汚され侮辱された女へと変わってしまった。自分の内部に生じたこの問題を彼女は自分なりの方法で解決することにした。もう決して男には触れまい。そう決心したのだ。ケリーを変えたものがもうひとつある。それ以来、彼女は暗闇を病的に恐れるようになった。

第七章
ケリー(2)

ケリーが十歳になると、母親のエセルは彼女を下宿屋の手伝いに使いはじめた。ケリーは毎朝五時に起き、トイレの掃除をしてから、キッチンの床を磨き、下宿人たちに食べさせる朝食の支度を手伝った。学校から帰ると、山のようにたまった汚れ物の洗濯をし、フロアにモップをかけ、今度は夕食の手伝いをする。彼女の毎日は奴隷の生活と変わらなかった。

ケリーは喜んで母親の手伝いをした。母親に褒めてもらいたくて積極的に手伝った。しかし、母親から褒め言葉は一度も聞かれなかった。母親は娘のことよりも借金の返済で頭がいっぱいだったのだ。

ケリーがまだ幼かったころ、『不思議の国のアリス』を読んで聞かせてくれたやさしい下宿人がいた。ケリーは話に魅せられ、魔法のウサギの穴を自分の生活に当てはめるようになった。

〈わたしにこそ魔法の穴が必要なんだ〉

ケリーは切実に思った。

〈隠れる場所が欲しい。トイレの掃除や、床のモップがけや、知らないおじさんが使った汚れ物の掃除をして一生を終えるなんてご免だわ〉

ある日ケリーは自分の魔法のウサギの穴を見つけることができた。それは空想という世界をつくりあげることだった。空想の世界の彼女は行きたいところどこへでも行けた。人生を書き換えることもできた……お父さんもお母さんも仲がよくて皮膚の色が同じで、子どもに向かって決して怒鳴ったりしない。一家が暮らす家は広くて明るい。父親も母親も彼女を愛している。彼女は父親からも母親からも愛されている。愛されている。愛されている……。


彼女が十四歳のとき、母親は下宿人の一人と結婚した。ダン・バークという名の中年のバーテンで、性格は暗く、ケリーがどんなにご機嫌をとろうとしても、にこりともしない男だった。しかも、口うるさかった。

「なんだ、この食事は！　まずいぞ……」

「その服の色はおまえに合わない……」

「寝室の日よけが壊れているから直しておけと言ったじゃないか……」

「トイレの掃除がまだできていないぞ……」

義理の父親になった男はアル中だった。ケリーの部屋と母親夫婦の部屋を仕切る壁が薄かったから、彼女は母親がぶたれて悲鳴をあげる声を毎晩聞かされた。

朝になると母親は厚化粧をして現われる。それでも、顔のアザや目の下にできた黒いクマは隠せなかった。ケリーは気持ちがすさんだ。

〈早くここから出なきゃ。お母さんとわたし二人だけで愛のある生活を送りたい〉

ある夜、うとうとしていたケリーの耳にとなりの部屋の話し声が聞こえてきた。

「あの子が生まれる前にどうして始末しなかったんだ？」

「しようとしたんだけど、うまく行かなかったのよ」

話を聞いてケリーは、みぞおちを殴られたような衝撃を受けた。

〈わたしは母親にも望まれずに生まれてきたんだわ。誰にも望まれなかったんだ〉

ケリーは耐えられない生活から逃げだすため、もうひとつの避難場所を見つけた。読書の世界である。彼女はたちまち飽くなき読者に変身した。時間ができると、どんなに短いあいだでも街の公共図書館へ行って過ごした。

週末に使うお小遣いももらえないケリーは、下宿屋の手伝いをしながらベビーシッターの仕事をはじめた。

〈ほかの子どもたちの家庭って、どうしてあんなに幸せなんでしょう〉

十七歳のケリーは母親似の美人に成長していた。学校では大勢の男の子たちにデートを申し込まれた。しかし彼女は一度も応じようとしなかった。

毎週土曜日は学校がない。ケリーは下宿屋の雑用を手早く済ませると、駆け足で図書館へ行き、夜遅くまでそこで過ごす。図書館の係員はミセス・リサ・ヒューストンという名の物静かで頭のよさそうな女性だった。彼女は誰に対してもやさしく、その服装もマナーも彼女の性格どおり気取りがなかった。ミセス・ヒューストンは図書館にたびたびやってくるケリーに興味を持った。

ある日、彼女はケリーに声をかけた。

「本に夢中になっている若い人っていいわ。あなたもずいぶん読むわね」

それが友情の皮切りだった。何週間か過ぎるうちに、ケリーは自分の内側に鬱積している恐怖や未来への希望や夢をミセス・ヒューストンに打ち明けるようになった。

「将来は何になりたいの、ケリー？」

「わたし、先生になりたい」

「あなたならいい先生になれるわよ。先生って大変だけど、世の中でいちばんやりがいのある仕事じゃないかしら」

話しはじめたものの、ケリーは急に口をつぐんでしまった。一週間前に母親と義父と彼女が朝食の席でした会話を思いだしたからだ。

〈〝先生になりたいから大学へ行きたいの〟〉

〈〝先生だって？〟〉

そう言って義父は笑った。

〈〝バカな考えだ。先生なんて世の中のクズだ。それよりも床の掃除をしていたほうがよっぽどましだ。いずれにしても、母さんにもおれにもおまえを大学に行かせる金なんてない〟〉

〈〝でもわたし、奨学金をもらえたから――〟〉

〈〝奨学金をもらえたからどうだっていうんだ。大学へ行くなんて時間の無駄だ。忘れろ。おまえは美人なんだから、そのケツを揺らしたほうが稼げるぞ〟〉

彼女はミセス・ヒューストンに話した。

「問題があるの……両親がわたしを大学に行かせてくれないんです」

ケリーは声を詰まらせて訴えた。

「このままだと一生下宿屋の手伝いをさせられるんだわ」

「そんなことありません」

ミセス・ヒューストンの口調はきっぱりしていた。

「あなたは今おいくつ？」

「あと三カ月で十八歳です」

「じゃ、もうじき自分の意志でなんでも決められる年齢になるわね。あなたはとても美人よ、ケリー。分かっているの？」

「いえ、そんなことありません」

〈わたしはちょっと変で普通じゃないの。自分が美人だなんて思えない〉

「わたし、自分の生活が嫌いなんです。早くこの街から出たいんです。なにかいままでに経験したことのない違ったことがしたくて」

そう言いだしてしまうと、ケリーは自分の気持ちが抑えきれなくなった。

「でもわたしには、なにをやるチャンスもないんです」

「ケリー？――」

「本もたくさん読んだけど、むしろ読まなきゃよかったんだわ」

その口調は自嘲に満ちていた。

「なぜそんなこと言うの？」

「だって、本って嘘だらけなんですもの。幸せな人たちに、きらびやかな舞台、魔法がいっぱいで……」

ケリーは首を横に振った。

「でも現実の人生には魔法なんかないんだわ」

ヒューストン夫人は相手を観察しながら彼女の話を聞いていた。少女の自尊心はあきらかに深手を負っている。

「あのね、ケリー。魔法ってあるものよ。でも、あなた自身が魔法使いにならなきゃだめ。自分で魔法を起こすのよ」

「へえ、そうですか」

ケリーはいぜんとしてすねていた。

「どうすればそんな魔法が使えるようになるんです？」

「そうね。まず最初に自分の夢が何なのか、はっきり見極めることね。あなたの夢は、おもしろい人たちに囲まれ、きらびやかな世界でエキサイティングな人生を送ることでしょ？　この次あなたがここに来るまでにその夢の実現の仕方をわたしが用意しておいてあげる」

〈この人、こんな地味な格好をしていてハッタリね〉

一週間後、ケリーは高校を卒業した。時間ができたのですぐ図書館へ行った。ヒューストン夫人が待っていたように声をかけてきた。

「魔法の使い方を教えるって、わたしが言ったのを覚えているでしょ、ケリー?」

ケリーはまだ半信半疑だった。

「ええ、覚えてますけど」

ヒューストン夫人はうしろの棚から雑誌の束をとりだした。『コスモガール』『セブンティーン』『グラマー』『マドモアゼル』『エッセンス』『アリューア』。夫人はその全部をケリーの前に積み上げた。ケリーはわけが分からず雑誌を見つめながら言った。

「これをどうすればいいんですか?」

「モデルになろうと思ったことはない?」

「いいえ、ありません」

「これらの雑誌を見ておきなさい。なにか感じるところがあるはずよ。あなたの人生に魔法を起こしてくれるなにかが。思いつくことがあったら、あとでわたしに聞かせてちょうだい」

〈この人の考えは甘い〉

ケリーはそう思った。

〈世間知らずなんだわ、きっと〉

「ありがとうございます、ミセス・ヒューストン。あとで見ておきます」

〈そんなことしてる場合じゃない。来週からわたしは職探しよ〉

ケリーはとりあえず雑誌を自宅に持ち帰った。そして、棚に載せたままそのことは忘れてしまった。夜はいつもの下宿の手伝いがあった。

その夜、疲れてベッドに入ったケリーは雑誌のことを思いだし、二、三冊ひっぱりだしてぱらぱらページをめくってみた。そこにあるのは自分の生活とはまったく別の世界だった。モデルたちはきれいに着飾り、エレガントでハンサムな男性を従えて得意のポーズをとっている。その場所もロンドンやパリやその他のエキゾチックな街のきらびやかな世界ばかりだ。ケリーはぐいぐい惹かれていった。いてもたってもいられなくなった彼女は急いでバスローブをはおり、浴室に向かった。

彼女は浴室の鏡に映る自分を観察した。うしろ向きになったり横向きになったりしてみた。みんなからは美人だと言われているが、本当だろうか？

〈もし本当だとしても、わたしには経験がない〉

ケリーは鏡のなかの自分と、これからこの街にいて送るであろう惨めな人生とを重ね合わせてみた。

〈〝あなた自身が魔法使いにならなきゃだめ。自分で魔法を起こすのよ〟〉

次の日の朝早く、ケリーはヒューストン夫人に会うため図書館へ急いだ。

ヒューストン夫人は顔をあげ、ケリーがあまり早く来たのを見てびっくりした。

「おはよう、ケリー。本は見た？」

「ええ、見ました」

ケリーはため息をついてからつづけた。

「モデルになりたいと思います。でも、どこからスタートしたらいいんでしょう」

ヒューストン夫人はにっこりした。

「ちゃんと用意しておきましたよ。ニューヨークの電話帳を調べてリストを作っておきました。あなたはこの街から出たいんでしょ？」

ヒューストン夫人はバッグからタイプした紙をとりだし、それをケリーに渡した。

「これがマンハッタンにあるモデルエージェンシーの大どころです。住所も電話番号も書いてありますよ」

夫人はケリーの手をとってさらにこう言った。

「上から順に電話してごらんなさい」

ケリーは夫人のやさしさがうれしかった。

「わたし、どうお礼を言っていいか……」

「お礼なんか言うかわりに、あなたの写真を雑誌のなかで見せてちょうだい」

その日の夕食の席でケリーは両親に宣言した。

「わたし、モデルになることにしたわ」

さっそく義父が吠えた。

「なんてバカなことを考えるんだ、おまえ！　いったいどうしたんだ？　モデルというのはみんな売春婦なんだぞ」

母親がため息をついた。

「ケリー、勘違いしてはいけないよ。わたしも若いころは夢を見て失敗したよ。おまえは貧乏な黒人の子だから、みんなにいじめ殺されるに決まっている」

両親の話を聞いてケリーは決心した。


次の日の午後五時、ケリーはスーツケースに荷物をまとめ、バスの停留所へ向かった。財布には二百ドルしか入っていなかった。それがベビーシッターのアルバイトでようやくたまった全額だった。

マンハッタンまではバスで二時間かかった。そのあいだケリーはずっと未来の夢を空想して幸せだった。プロのモデルになるのだ。ケリー・ハックワースではちょっと語呂が悪い。

〈そうだ、ファーストネームだけ使おう〉

自分の名が紹介される情景を頭のなかで何度もくりかえした。

〈それではみなさん、スーパーモデルのケリーです！〉


ケリーは部屋代の安いモーテルにチェックインした。翌朝の九時になるのを待って、彼女はヒューストン夫人からもらったリストの一番目のモデルエージェンシーに出向いた。メーキャップもしていなかったし、着ている服にはしわが寄っていた。アイロンをかけたかったが、そんなサービスもないモーテルだった。

受付には誰もいなかった。奥のほうで机に向かってなにか書きものをしている男性がいたので、彼女は中へ入って行き、その人に声をかけた。

「すみません、失礼します」

男性は顔を上げもせずになにかぶつぶつ言った。ケリーは遠慮がちに訊いた。

「モデルの仕事を探しているんですけど、おたくでは――」

「いや、うちではモデルは採用していない」

男はまだ顔を上げなかった。ケリーはため息をついた。

「どうも失礼しました」

ケリーが向きを変え、帰りはじめたとき、男性はようやく顔を上げた。その瞬間に彼の表情が変わった。

「ちょっと待って！　きみ、ちょっと待ってくれ！　戻ってらっしゃい」

男性は椅子から立ち上がっていた。

「いやあ、びっくりしたなあ——きみはいったいどこから来たんだい？」

ケリーはなんの話か分からず、とりあえず答えた。

「フィラデルフィアですけど」

「いや、どこのエージェンシーから——ま、そんなことはどうでもいいや。モデルの経験はあるんだろ？」

「いいえ、ありません」

「まあ、いいだろう。これから覚えればいいんだからな」

ケリーの口のなかはカラカラだった。

「これからうちで覚えればいいんだからな」

「それは——モデルの仕事をいただけるということですか？」

男性はにっこりした。

「きみなら充分にやっていけるだろう。わたしが保証する」

ケリーは自分の幸運が信じられなかった。しかもここはニューヨークでもいちばん大きなモデルエージェンシーである。ここならきっと――。

「わたしの名前はビル・ラーナー。このエージェンシーのオーナーです。きみの名は？」

ケリーが何度も夢に描いてきた瞬間がやってきた。自分が決めたプロとしての名前を言うときだ。

〈ケリー・ハックワースでは語呂が悪いから、ケリーだけでいい。そのほうがプロらしい〉

ラーナー氏は彼女の返答を待っていた。

「きみの名前を訊いているんだけど？」

ケリーは背すじを伸ばし、思いを込めて言った。

「わたしの名前はケリー・ハックワースです」

言い終えてハッとしたが、もう言い直しはきかなかった。

第八章
暗殺の標的

ケリーにとってはすべてが目の回るようなペースで展開していた。エージェンシーの特訓のおかげで彼女はモデルに求められる条件の大方を身につけた。モデルにとって常に大切なのはその態度である。ケリーはそれを演技と受け止めて実践した。

〝一日にして大スターに〟とはよく聞く言葉だが、これはまさにケリーのためにあると言ってよかった。消え入りそうな一本のロウソクがファッション界で大爆発を起こしたようなものだった。小麦色の肌に個性的なマスク、二十歳になった彼女には高嶺の花のイメージと同時に男性を挑発する不思議な魅力があった。利口そうな目にセクシーな口元、長い脚と抜群のプロポーション。わざとざんばらにした黒髪。いまや世界中の広告に彼女の姿が現われている。彼女の現在の活躍の中心はパリである。

ニューヨークでの盛大なファッションショーを終えたあと、パリに戻る前にケリーは久しぶりで母親を訪ねた。母親は老け込み、やつれ果てていた。

〈お母さんをここから出してやらなくちゃ〉

ケリーは老いた母親を見て思った。

〈きれいなアパートを買ってあげて、わたしが面倒を見てあげよう〉

母親はケリーの活躍に喜んでいた。

「あんたがよくやっているのでわたしもうれしいよ。毎月小切手を送ってもらって悪いね」

「いいのよ、お母さん。それよりも、ここを出るというのはどう？　わたしがアパートを買ってあげるから——」

「おやおや、どなたさまのおでましかな？」

そう言いながら義父が部屋に入ってきた。

「こんなところでなにしてるんだい？　最新流行の服を着てぶらぶら歩くのがおまえさんの仕

事なんだろ？」

〈お母さんを連れだすのは別の機会にするわ〉

ケリーには訪問すべき場所がもう一カ所あった。すばらしい時間を過ごすことができた公共図書館だ。ケリーは何冊もの雑誌を抱えて図書館のドアの前に立った。彼女の胸はいくつもの思い出で躍っていた。

ヒューストン夫人は以前とまったく変わらず、いつもの机の向こうに座っていた。ケリーがドア口に立って中をのぞいていると、夫人は立ち上がり、本棚伝いになにかの本を探し始めた。夫人は上等そうな服を着てとても若々しく見えた。誰かが立っているのに気づいて夫人は応えた。

「いま手がふさがっているので、ちょっと待ってくださいね」

そう言ってからこちらをふり向いた夫人は、信じられないといった顔で口をぽかんと開けた。

「ケリー！」

悲鳴のような大声だった。

「オー、ケリー！」

二人は駆け寄って抱き合った。手を放してから、ヒューストン夫人は一歩下がってケリーをしげしげと見つめた。

「信じられないわ、ケリー。本当にあなたなのね？　ここでなにしているの？」

「母さんに会いに来たんだけど、あなたにも会いたかったから」

「わたし、いつもあなたのことを自慢しているのよ。それがどんなにすごいか、あなたには想像もできないでしょう」

「覚えてますよね、ヒューストンさん？　わたしがなんてお礼を言ったらいいか分からないと言ったら、あなたは雑誌に載ったわたしの写真を見せてくれって言ったわね。はい、これが最近の雑誌です」

ケリーは重い雑誌の束をヒューストン夫人に持たせた。『エル』に『コスモポリタン』に『マドモアゼル』に『ヴォーグ』。そのどの表紙もケリーの顔で飾られていた。

「きれい！」

ヒューストン夫人は目を輝かせた。

「わたしもあなたに見せたい」

夫人はうしろの机から雑誌の束をとりだした。ケリーが持ってきた雑誌と同じ号だった。ケリーは胸がいっぱいですぐにしゃべれなかった。

「なんてお礼をしていいのか。あなたがわたしの人生を変えてくれたんです」

「いいえ、ケリー。あなたこそわたしの人生を変えてくれたのよ。わたしがしたのは、あなたをちょっとプッシュしただけ。でもね、ケリー――」

「なんですか？」

「実はあなたのおかげで、わたし、いろんな雑誌のファッションアドバイザーになっているの」


　トップモデルの座に駆け上ったケリーだが、彼女のプライバシーを守り通す態度がときどき物議をかもしていた。いつもカメラマンに囲まれ、見知らぬ人たちに声をかけられるのにうんざりしていた彼女には、一人でいる時間がとても楽しかった。

　ある日、彼女はジョルジュ・サンク・ホテルのレストラン《ル・サンク》で一人で昼食をとっていた。そこに通りかかった妙な風体の男が立ち止まって彼女を見つめた。四六時中屋内に閉じこもっている人間らしく、男の顔は異常に青白かった。男はケリーの写真が載っているページを開いたままの雑誌を抱えていた。

「失礼ですが」

　男がケリーに声をかけてきた。ケリーはびっくりして顔を上げた。

「はあ?」

「ちょうどあなたの記事を読んでいたところです。フィラデルフィアの出身だそうですね?」

　男の口調は馴れ馴れしかった。

「ぼくもフィラデルフィア生まれなんです。いつもあなたの写真を見ているから、あなたのことが他人のような気がしなくて――」

ケリーはそっけなく答えた。

「間違いなく他人ですよ。わたし、知らない人に声をかけられるのがいやなんです」

「ごめんなさい」

ケリーにはっきり言われ、男はごくりとつばを飲み込んだ。

「ぼくはそんなつもりは――決して怪しい者ではありません――ぼくの名前はマーク・ハリスです。キングスレー・インターナショナルに勤めています。こんなところでお目にかかったものですから――お一人で食事しているなら、もしかしてご一緒できたらと思って――」

ケリーは相手に冷たい一瞥を投げた。

「あなたの思い込みです。ほっといてください」

男はどもった。

「ぼ、ぼくはそんなつもりは――ただちょっと――」

彼はケリーの表情を見て言葉を締めた。

「では失礼します」

ケリーは雑誌を抱えたまま出て行く男を見送った。

〈うまく厄介払いできたわ〉

数種の雑誌と一週間の撮影契約をしたケリーが控え室で着替えをしていたとき、三ダースものバラの束が彼女のところに届けられた。添えられていたカードにはこう書いてあった。

〝ご迷惑をかけたことをお許しください。マーク・ハリス〟


ケリーはカードを破き、付き人に言った。

「この花を小児病院に寄付してちょうだい」

翌日の朝も控え室の係が小荷物を抱えてやってきた。

「男の人がこれをあなたにって置いていったんですけど」

きれいに咲き誇っているランだった。添え書きにはこうあった。


〝許していただけましたか？〟


ケリーはカードをゴミ箱に投げ入れ、係の女性に言った。

「花だけもらっといて」

以来、マーク・ハリスからの贈り物が毎日のように届いた。フルーツのバスケットに、お守りのリング、おもちゃのサンタクロース、などなど……ケリーは全部ゴミ箱に捨てた。その次に届いた贈り物は普通とはちょっと違っていた。首の周りにリボンをつけたかわいらしいフレンチプードルの子犬だった。首からぶら下げている添え書きにはこう書いてあった。

〝この子の名前はエンジェルです。わたし以上にかわいがってくれることを期待しています。マーク・ハリス〟

ケリーはいきなり受話器をとると、まず番号案内に電話して、キングスレー・インターナショナル・グループの番号を聞きだし、その手でマーク・ハリスを呼びだした。

「おたくにマーク・ハリスという名の従業員はいますか？」

「はい、いますけど」

「では、彼につないでください」

「少しお待ちください」

一分もすると、聞き覚えのある声が響いてきた。

「ハロー？」

「ハリスさんですね？」

「はい、そうです」

「ケリーですけどね。あなたの昼食の招待に応じることにしました」

相手はびっくりしたらしく、しばらく沈黙した。

「本当ですか？　それは――すばらしいです」

彼の喜ぶ気持ちが受話器から伝わってきた。

「今日一時に《ローレント》でいかがです？」

「いいですね。ありがとうございます。では、楽しみに待っています」

「予約はわたしのほうでしておきますからね。さようなら」


ケリーが子犬を抱え、大股で店に入っていったとき、マーク・ハリスはテーブルの横に立って彼女を迎えた。マークの顔がぱっと明るくなった。

「ほ、本当に来てくれたんですね？　不安でした！　しかもエンジェルを連れてきてくれて――」

「ええ、そうですよ」

ケリーは子犬をマークの腕のなかに押し込んだ。

「今日のあなたのランチのお相手はこの子に任せます」

彼女は冷たくそう言うと、くるりと向きを変え、すたすたと歩きだした。うしろからマークが声をかけた。

「そんな、ぼくはてっきり――」

「では、最後にはっきり言っておきましょう」

ケリーは足を止め、ふり返って言った。

「もうこんなことをするのはやめてください。迷惑です。分かります？」

マーク・ハリスは赤面した。

「はい、分かります。すみませんでした――でも、迷惑をかけるつもりはぜんぜんなかったんです……ただちょっと――なんて言っていいのか――ぼくの気持ちをよく説明しますから、ちょっとでいいから座っていただけませんか？」

ケリーは〝いやです〟と言いかけたが、それではあんまりだと思い、とりあえず席に戻って椅子に腰をおろした。しかし、その顔は軽蔑の表情に満ち満ちていた。

「それで？」

マーク・ハリスはため息をついてからはじめた。

「本当にすみませんでした。迷惑をかけるつもりなどなかったんです。むしろ迷惑をかけたお詫びのつもりで贈り物をしたんです。ぼくはあなたの写真ばかり見ていましたから、つい親しい間柄のような気がして。なにかチャンスがあったら――そんなときにレストランであなたを間近に見かけたものですから――」

マーク・ハリスはしどろもどろになっていた。

「あなたのような人気者は一般人には興味を持たないということを知っておくべきでした。ぼくの行動は子どもじみていました。なんて言っていいのか――それでもぼくの気持ちは――」

言葉が尻切れとんぼになった。話している彼の様子も純情そのものだった。

「ぼくは説明が苦手なんですけど――ぼくはずっと孤独で――六歳のときに両親が離婚して、父と母のあいだでぼくを押しつけあう裁判があって、ぼくは父親にも母親にも欲しがられなかったんです」

ケリーは黙って相手の話を聞いていた。とりとめのないの話だったが、彼が発した言葉のいくつかが彼女の胸に突き刺さった。男の話はつづいた。

「ぼくはあっちこっちの孤児院を渡り歩いて――孤児院というところは本気で世話してくれる人なんていないんです……進学しようとしたら反対されて、自動車修理工場で見習いとして働かされました。でも、本当はぼくは科学者になりたかったんです」

ケリーはますます相手の話に胸を揺さぶられた。

〈この人の生い立ちはわたしと同じだわ〉

「ぼくは大学へ行くことを夢見たんですけど、〝おまえの仕事に学問は必要ない〟って、いつも反対されていました。でも、申し込んだら、マサチューセッツ工科大学から奨学金をもらえたんです。それでも里親には、どうせ退学させられるのがオチだろうって言われました」

見知らぬ男の話は、まるでケリーの人生のリプレイだった。ケリーは座ったまま身につまされて黙り込んだ。男がテーブルの向こうから訴えている心の痛みは彼女の痛みでもあった。

「マサチューセッツ工科大学を卒業してから、ぼくはシンクタンクのキングスレー・インターナショナル・グループ、パリ支局に就職しました。でも、周りはフランス人ばかりで、ぼくはいつも一人ぼっちなんです」

しばらく沈黙してから、男はつづけた。

「昔なにかで読んだことがあるんですが、人生でいちばん大切なのは愛しあえる人を見つけることだと……ぼくもそう信じているんです」

ケリーは言葉を返さずに黙って座りつづけた。マーク・ハリスの口下手な説明がつづいていた。

「なかなかいい人が見つからなくて、あきらめかけていたんです。そんなときあなたを見かけたものですから……」

彼はそれ以上つづけられず、子犬を抱えたまま立ち上がった。

「ぼくとしたことがとんだ恥知らずでした。もう決してご迷惑をかけないと誓います。さよなら」

ケリーの目の前を彼は立ち去りかけた。

「わたしのワンちゃんをどこに連れていくの？」

ケリーは相手の話にほだされて、このまま別れたくない気持ちになっていた。マークはわけが分からないといった顔でふり返った。

「えっ、なんですか?」

「エンジェルはわたしのものですよ。わたしにくれたんでしょ?」

マークはよけいに混乱してその場に立ち尽くした。

「さっきおっしゃったじゃないですか――」

「じゃ、こういう取引にしましょう」

ケリーの口調は親しげなものに変わっていた。

「わたしがエンジェルを飼いますから、あなたには、エンジェルをいつ見舞いに来てもいい権利を与えるというのはどうです?」

純情なマーク・ハリスが意味を理解するのにしばらく時間がかかった。やがて部屋中を照らすような明るい笑みが彼の顔に広がった。

「ぼくがお宅へ……行ってもいいんですね?」

ケリーはうなずいた。

「その件について詳しく今夜夕食でもとりながら話しません?」

この瞬間、自分を暗殺の標的にしてしまったとは、当のケリーには知る由もなかった。

第九章

不釣り合いなカップル

土曜日の夜、マークはさっそくケリー宅を訪問した。そのときは、箱詰めのキャンディと大きな紙袋を持参していた。

「キャンディはあなたに。この袋はエンジェルへの差し入れです」

ケリーは袋を軽い手つきで受け取った。

「ありがとう。エンジェルに代わってお礼を言います」

エンジェルをなでながら、マークは用意していた文句をきりだした。

「サッカー観戦は好きですか？」

ケリーは大きくうなずいた。

「ええ、大好き」

マークはにっこりした。

「ぼくも大好きなんだ」

サッカー狂のケリーを誘いだすマークの苦肉の策だった。だが、彼自身はサッカーなど観戦したことがなかった。ケリーもそのことをうすうす感じていた。


パリのサンジェルマン競技場は六万七千のサッカーファンで埋め尽くされていた。チャンピオンシップを賭けたリヨン対マルセイユの一戦がこれからはじまる。ミッドフィールドを見下ろす席に案内されながら、ケリーがマークに言っていた。

「こんな席、なかなか手に入らないわよね」

マークはにっこりして答えた。

「ぼくぐらいのサッカーファンになると、不可能なことはなくなるんですよ」

ケリーは噴きだしそうになって唇をかんだ。

〈試合がはじまったらバレバレになるのに、この人ったら〉

フランスの国歌〝ラ・マルセイエーズ〟が演奏されるなか、両チームの選手たちが入場してきた。リヨンとマルセイユ両チームの選手たちが顔見せにスタンドを向いて並んだ。ブルーと白のチームカラーのユニフォームを着たリヨンの一選手が前に歩み出た。マークをからかうのは大人げないと思い、ケリーはサッカーに関するウンチクを彼に授けてやることにした。

「彼がリヨンのゴールキーパーよ」

ケリーは彼の耳元に口を寄せて説明した。

「知ってます」

「彼が――」

マークは即座に反応した。

「グレゴリー・クーペでしょ？　リーグ一のゴールキーパーですよね？　前節ではボルドーに勝ってチャンピオンシップを手にした男です。UEFAカップもとったし、その前の節ではチャンピオンリーグも制しました。いま三十一歳で、身長百八十センチ、体重は百八十ポンド」

ケリーは目を丸くしてマークを見つめた。場内アナウンスが告げていた。

「フォワード、シドニィ・グブー……」

「十四番だな？」

マークが熱っぽく反応した。

「あいつはすごい。先週のオーグゼールとの試合で、最後の一分でゴールを決めたんだ」

つぎつぎに披露されるマークの知識にケリーはただただ感心するばかりだった。

やがて試合がはじまり、観衆は沸いた。

「ほら見てごらん！　彼はバイセクルキックではじめるぜ」

マークは夢中になって叫んだ。

興奮つづきの熱戦だった。両チームとも相手のシュートを防いだゴールキーパーの活躍がめざましかった。ケリーはマークのサッカー狂ぶりが信じられなかった。

〈わたし、どうして勘違いしちゃったのかしら〉

試合の最中にマークが叫んだ。

「グブーがフリーキックをやるぞ！　やったあ！」

一分もすると、また叫んだ。

「ほら、キャリエが反則キップを切られるぞ」

マークの言うとおりだった。リヨンが勝つと、マークはもう夢中だった。

「すごい試合だった」

会場を出ざまにケリーは尋ねた。

「あのね、マーク。あなた、いつからサッカーファンなの？」

マークは恥ずかしそうにケリーを見た。

「三日前から。ネットで調べたんだ。きみがサッカーファンだと知って、ぼくも同じ趣味を持とうと思って」

ケリーは感激した。相手の趣味に合わせてそんなに猛勉強するなんて、普通はありえないことだ。

二人は、ケリーの仕事が終わってから、という条件で次の日もデートすることにした。

「じゃ、ぼくは控え室まで迎えに行くから」

「それはだめ！」

ケリーは彼を同僚の女の子たちに見せたくなかった。マークはなぜなんだという顔をした。

「そのう——控え室は男子禁制なの」

「ああ、そうなのか」

〈あなたが気が多いといけないから〉


今日はケリーの誕生日。午前中に電話があった。

「グッドモーニング、ダーリン」

マークの声だった。

「グッドモーニング」

ケリーは彼が「ハッピーバースデー」と言ってくれるのを待った。しかし、聞こえてきたのは別の言葉だった。

「今日は仕事がないんだろ？　散歩は好き？」

期待をはずされてケリーはちょっとがっかりした。一週間前に彼女の誕生日が話題にのぼったのに、マークはもうそれを忘れてしまったのだろうか。

「好きだけど」

「じゃ、昼前にちょっとしたハイキングをしない？」

「いいわよ」

「じゃ、一時間後に迎えに行くから」

「用意しておくわ」


「それで、どこへ行くの？」

車に乗ってからケリーが訊いた。二人ともハイキングの格好をしている。

「フォンテンブローの奥にいいハイキングコースがあるんだ」

「ああ、そうなの。あなたがよく知っているところ？」

「エスケープしたいときよく行くんだ」

ケリーは顔をしかめた。

「エスケープって、なにからのエスケープ？」

マークはちょっとためらってから言った。

「孤独感からさ。あそこへ行くと気持ちが落ち着くんだ」

マークはケリーをちらりと見てからにっこりした。

「でも、きみと出会ってからは一度も行っていない」


フォンテンブローはパリの南東部にあり、古宮を囲む深い森である。

地平線に城が見えはじめたところでマークが言った。

「最初にルイ四世が住んで以来、あそこは代々ルイという名のつく王の居城になったんだ」

「へえ、そうなの」

〈この人は頭がいいくせにわたしの誕生日を忘れて！〉

ケリーはまだそのことにこだわっていた。

〈わたしって、子どもっぽすぎるのかしら〉

城の敷地に入ったところで、マークは車を指定された駐車場に入れた。

車から降り、森に向かって歩きながらマークが訊いた。

「一キロ半ぐらいは歩けるだろ?」

ケリーは笑った。

「わたし、毎日ステージの上を歩いているのよ。その距離だけでも一キロ半以上あるわ」

マークは彼女の手を引いた。

「よし、じゃ行こう」

「大丈夫よ。わたしはついていけるから」

二人は一連のいかめしい建物の前を過ぎ、森のなかに入っていった。周囲は一面色濃い緑だった。巨木に囲まれ、あたりに人影はなかった。暑い夏の日差しも遮られ、空気はひんやりして心地よかった。見上げると、空は青かった。

「きれいだね」

「ええ、とっても」

「きみが今日仕事がなくてよかった」

ケリーは今日が公休日でないことを思いだした。

「あなたの仕事は大丈夫だったの?」

「今日は休暇をとったんだ」

「へえ」

二人はどんどん神秘の森の奥深くへ入っていった。十五分歩いたところでケリーが訊いた。

「わたしたち、どこまで行くの?」

「この先にぼくの好きなスポットがあるんだ。もうじきだよ」

それから数分歩くと、ちょっとした空き地に出た。空き地の中央にはカシの巨木がそびえていた。

「ここだよ」

「静かで落ち着くわね」

巨木の樹皮になにか字が彫ってあった。ケリーが近寄って見ると、〝ハッピーバースデー、ケリー〟と読めた。ケリーは感激してなにも言えなくなり、黙ってマークを見つめた。

「ああ、マーク、ダーリン。ありがとう」

〈この人はやっぱり忘れてなかったんだわ〉

「木のなかになにか入っているようだよ」

マークがとぼけて言うと、ケリーはさらに一歩木に近づいた。

「木のなかに?」

木の目の高さのところに穴のようなものがあいていて、そのなかになにか入っているのが見えた。ケリーが穴に手を入れると、指先に小さな箱が触れた。とりだしてみると、それはリボンがかけられたギフトボックスだった。

「なにこれ？」

「開けてごらん」

箱を開け、なかから出てきたものを見てケリーの目がまん丸になった。そこに入っていたのは、七カラットのエメラルドの指輪だった。しかも、その大きなエメラルドをプラチナに埋めこまれたダイヤモンドが取り囲んでいた。ケリーは信じられない思いで指輪を見つめた。ふり向きざま、彼女は両腕をマークの首に投げた。

「こんなの、すばらしすぎるわ！」

「もしきみが欲しがるなら、月だって取ってきてあげるさ。ぼくはきみに惚れているんだ」

ケリーはマークをしっかり抱きしめた。彼女がこんな甘い気分になるのは生まれてはじめてだった。

やがて彼女の口から、言っている本人が信じられないような言葉がもれた。

「わたしもあなたに惚れているのよ、ダーリン」

愛しているとか惚れているとか男性に向かって言うのは彼女は一生しないはずだった。マークは顔を輝かせた。

「すぐ結婚しよう、ぼくたち――」

「いいえ、それはだめ」

鞭打つようなひと言だった。マークはわけが分からないといった顔で言葉を返した。

「なぜなんだい？」

「それはできないからよ」

「あのね、ケリー——ぼくが愛しているというのを信じてくれないのかい？」

「それは信じるわ」

「じゃ、きみはぼくを愛していないのかい？」

「ええ、愛しているわ」

「でも、結婚はしたくないんだろ？」

「したいわ——でも、できないの」

マークは意味が分からなくて彼女の様子を観察した。

「分からない。いったいどういうことなんだい？」

いま彼に自分のトラウマを打ち明けたらもう二度と会ってもらえないだろう。ケリーはそう思いつつも、少しずつ話しはじめた。

「わたし——あなたの奥さんになる資格がないからよ」

「それはどういう意味なんだい？」

ケリーにとってはいちばん説明しづらい部分である。

「あのね、マーク。結婚してもセックスができないかも。わたし、八歳のときに犯されたの」

ケリーは生まれてはじめて愛した男性に向かって、自分が思いだしたくないその日のことを、物言わぬ緑の梢を見つめながら話した。

「だから、セックスに興味が持てないの。汚らわしくて。わたしって変でしょ？　女性の資格はないわね」

ケリーは泣きだしそうになるのをこらえて息づかいが荒くなっていた。マークの手がケリーの手に重なった。

「そうか、そんなことがあったのか。つらかっただろうね、ケリー」

ケリーは無言のまま周囲の緑を見つめた。

マークの話がつづいていた。

「確かに結婚生活にセックスは大切だけどね」

ケリーはうなずき、唇をかんだ。マークの次に言う言葉が読めたので、彼女は先回りして言った。

「そうよ。あなただって男性なんですから、セックスのない結婚生活なんてがまんできるはずないもの――」

「いや、結婚生活ってセックスだけじゃないさ。愛する誰かと一緒に年をとっていくというのも結婚の一面だと思うけど。おたがい話し相手になったり、喜びや悲しみを分かち合ってさ」

ケリーは、そんなこと嘘よと思いながら、マークの話を聞いていた。

「セックスはいずれ消えてなくなることさ。でも、本当の愛はそうじゃない。ぼくはきみのハートや魂を愛しているんだ。これからの人生をきみと一緒に送りたい」

ケリーの心は乱れた。だが、彼女は口調が乱れないようにして話した。

「だめよ、マーク――あなたにそんなことはさせられないわ」

「なぜなんだい?」

「だって、そんなことしたら、いつかあなたが後悔するに決まってるもの。だから、ちゃんとした女の人に目移りすることもあるでしょうし……いずれわたしは捨てられることになるわ……わたしだって失恋するのはいやですもの」

マークは腕を伸ばしてケリーを抱き寄せた。

「ぼくはきみを捨てたりなんて絶対にしない。なぜなら、きみはぼくの一部になるんだから。結婚しよう」

ケリーは彼の目を見つめた。

「マーク、あなたは自分の言っていることが分かってるの?」

マークはにっこりした。

「ああ。一言一句そらでくり返すこともできるよ」

ケリーは笑って顔を彼の胸にうずめた。

「あなたっていう人は本当にやさしいのね」

マークも笑った。

「確かにね。それで、きみの返事は？」

ケリーはこみあげてくる涙をこらえきれなかった。

「わたしの答えは――イエスよ」

マークはあわてた手つきでエメラルドのリングを彼女の指に差し込んだ。二人は抱き合ったまましばらく動かなかった。やがてケリーがぽつりと言った。

「明日の朝わたしを仕事場まで送ってくれる？　同僚の女の子たちにあなたを紹介したいから」

「きみの仕事場は男子禁制じゃなかったっけ？」

「ルールが変わったのよ」

マークはにっこりした。

「じゃ、ぼくは日曜日に式が挙げられるよう知り合いの判事に頼んでおくからね」

次の日の朝、空はどんより曇っていた。

「今日は雨になりそうね」

マークに送ってもらい仕事場に着いたとき、雨粒がぽつぽつ落ちはじめていた。ケリーは空を指差して言った。

「〝今日はいい天気だ〟とか〝暑い〟とか〝寒い〟とか、誰でもあいさつ代わりに使う言葉だけど、天気だけは人間には変えられないものね」

そのとき、マークは妙な顔をしてケリーをじっと見つめた。

マークの表情を見てケリーはあわてて言った。

「いいのよね、天気のことなんてそんなに深く考えなくて」

マークは黙り込んだまま答えなかった。


ケリーが入っていくと、控え室にはモデルたちが五、六人いた。ケリーは部屋中に聞こえるよう大きな声で宣言した。

「ねえ聞いて、みんな！　わたし、日曜日に結婚するの。全員を招待するから来てね」

部屋中が急にしゃべりだした。

「相手はあなたが隠していた例の謎の男？」

「わたしたちの知っている人？」

「どんな感じの人？」

ケリーは誇らしげに言った。

「そうね、若いときのケーリー・グラントって感じかしら」

「わあ！　早く見たい。いつ紹介してくれるの？」

「いまよ」

ケリーはそう言うと同時に、うしろのドアを大きく開けた。

「さあ、あなた、入ってきて」

マークが控え室にひょこひょこ入ってきた。部屋中がシーンとなった。一人のモデルがとなりのモデルの耳元でささやいた。

「これ、なにかの冗談?」

「そうだとしか思えない」

マーク・ハリスはケリーよりも三十センチも背が低い小男だった。顔も体型も月並みで、なんの魅力もない。頭に至っては半ば禿げ上がり、灰色の髪の毛がお義理のように生えている。

ショックがやがておさまり、モデルたちは気をとりなおしたように一人また一人と前に出て、じき新郎新婦になる二人を祝福した。

「すばらしいニュースね」

「なんかわたしのほうがドキドキしちゃう」

「あなたたちはかならず幸せになれるわよ」

みんなから「おめでとう」を言われ、ケリーとマークは部屋を出た。マークはモデルたちの反応が気になっていた。廊下を歩きながら、彼はケリーの顔をのぞいて訊いた。

「ぼくって、みんなから嫌われたかな?」

ケリーはにっこりして答えた。

「そんなはずないでしょ。あなたのように立派な男性を嫌う女の子なんていないわ」

ケリーはそう言って、なにか思いだしたように足を止めた。

「あ、そうだ！」

「どうしたの？」

「いま出たばかりの雑誌の表紙にわたしの顔が出てるの。あなたに見せたいから、行って取ってくる」

ケリーは控え室に戻った。ドアのところまで来ると、中から同僚たちの笑い声が聞こえていた。

「ケリーって本当にあいつと結婚するの？」

ケリーは思わず立ち止まり、聞き耳を立ててしまった。

「あの人、頭がおかしくなったんじゃない？」

「あの人、いままでハンサムな人やすごい大金持ちのプロポーズを何度も断わってきたのよ。いったいあの男のどこが気に入ったのかしらね？」

いつも物静かなモデルの声が聞こえた。

「それは単純なことよ」

「単純ってなに？」

「言ったらあなたたちは笑うかもしれないけど」

「いいから言ってごらんなさいよ」

「歌の文句にもあるじゃない、〝愛の目で見れば形が違って見える〟って」

笑い声はなかった。


結婚式はパリの市庁舎で執り行なわれた。同僚のモデルたち全員が付添人として参加していた。市庁舎の外では人気者のケリーをひと目見ようと大勢の人だかりができていた。パパラッチもパリ中から集合していた。

マークの介添人は同僚のサム・メドースだった。

「新婚旅行はどこへ行くんだい？」

メドースが新郎新婦に尋ねた。マークとケリーは顔を見合わせた。新婚旅行なんて思いつくこともなかった、二人の恋はそれほど急展開だった。

「そうだな──」

マークは適当な場所を言うことにした。

「サンモリッツに行くんだ」

ケリーは顔をゆがめて笑った。

「そうよ。サンモリッツよね」

二人ともサンモリッツに来るのははじめてだった。胸のすくような風景が広がっていた。山また山がどこまでもつづき、そのふもとには深い谷が刻まれている。バドルッツ・パラスホテルは丘の頂上にあった。マークが事前に予約しておいたから、二人が到着したときマネジャーが迎えに出ていた。

「ようこそ、ハリスご夫妻。ハネムーンスイートをご用意しておきました」

マークが立ち止まり、どもりながらマネジャーに注文した。

「す、すみませんが、寝室をツインベッドにしてくれますか?」

マネジャーは新郎新婦の顔を見比べながら訊き返した。

「ツインベッドですか?」

「ええ、ええ、まあ――そうです」

「はあ――そういうご希望でしたらさっそく」

「ありがとう」

マークはケリーをふり返って言った。

「観光スポットがあるらしいよ」

マークはポケットからリストをとりだした。

「エンガディン博物館とか、ドルイデンシュタイン遺跡とか、サン・モーリシャスの泉とか、斜塔とか……」

スイートに入り、二人になってから、マークが言った。

「おたがい気まずくならないよう最初に断わっておくけど、こうして新婚旅行をするのも他人のゴシップを避けるためだからね。でも、ぼくの本音は、きみと一緒に過ごせればただそれだけでいいんだ。肉体関係なんかよりもっと大切なことがいろいろあるから、それを一緒にしよう。分かってくれるね？　ぼくはきみと一緒にいられれば、それだけで幸せなんだ」

ケリーは両腕を広げてマークに抱きついた。

「あなたって本当にやさしいのね。わたし、なにも言えなくなっちゃう」

マークはにっこりした。

「なにも言わなくていいんだよ」


二人は階下で夕食をとってからスイートに戻った。寝室にはシングル用のベッドがふたつ並べられていた。

「きみはどっちを使う？　コインをトスしようか？」

ケリーは笑って答えた。

「いいのよ、そんなこと気にしなくて。あなたの好きなほうを使って」

十五分後、ケリーが浴室から出てくると、マークはすでに自分のベッドにもぐりこんでいた。

ケリーはマークのベッドに寄り、その端に腰をおろした。

「マーク、こんなことで本当にいいの？」

「ぼくはこれで充分に幸せさ。じゃ、おやすみ。ぼくの美しいお嫁さん」

「おやすみなさい」

ケリーはベッドに入ってから、昔のことを考えた。男性を恐れるようになってしまったあの忌まわしい出来事がいまも頭のなかでうずいている。あんなやつのためにわたしは変わってしまった。男性を、暗闇を怖がる女性になってしまった。

あれ以来、何年間も彼女の内側にたまっていた鬱積と、少しずつ膨らんできた性に対する屈折した感情。それがマークを横にして爆発した。ケリーはマークをそっと見た。理屈抜きで彼が欲しくなった。ケリーはベッドのカバーを投げ開けると、マークのベッドに移った。

「もうちょっとそっちへ行って」

ケリーのささやき声にマークはびっくりして顔をあげた。

「きみは――そのう――したくなかったんじゃないのか――？」

ケリーはマークを間近に見ながら、小さな声で言った。

「あなたのベッドで寝ないとは言わなかったわ」

彼女は体をよじってナイトガウンと下着を脱ぎ、丸裸になると、マークのベッドのなかに滑り込んだ。

「愛してちょうだい」

ケリーはかわいらしい声でささやいた。

「オー、ケリー……オー、ケリー」

マークはやさしくやさしく始めた。堰は切り開かれた。ケリーは夢中で求めた。マークのやさしさに対してケリーのほうが積極的に反応した。いままで想像したこともないようなすばらしい体験になった。

事が終わり、おたがいの腕のなかにいながら、ケリーが言った。

「さっき見せてくれたあの観光名所のリストだけど」

「それがどうしたんだい?」

ケリーはいたずらっぽい声で言った。

「あれは捨てちゃって」

マークはにっこりした。ケリーはもう一度マークに抱きついた。

「わたしってバカだったわ」

二人のラブメーキングは今度は一から順を追ってはじまった。そして、ついに疲れきって、二人が離れたときマークが言った。

「ライトを消そうか？」

ケリーは緊張して目をしっかり閉じた。電気は消さないで、と言おうとしたが、マークの温かい体を肌に感じてなんとなく安心できた。

マークがライトを消してから、ケリーは目を開けた。もう暗闇は怖くなかった。

第十章

ある日のケリーに

その年のはじめ、『エル』と『マドモアゼル』の読者による人気投票で、ケリーは世界でもっとも美しいモデルに選ばれた。

おしゃれな外出着に着替えたあと、ケリーはアパートのなかを見回した。いつものことだが、われながらよくここまで来たと不思議な気持ちになる。彼女のアパートは最上階のペントハウスだ。高級住宅街のサン・ルイ通りにあり、そこから見下ろすパリは夢のようにすばらしい。玄関のドアは二重になっていて、それを開けると天井の高いエレガントな廊下がつづく。リビングルームに入ると、アンティークと超近代的な家具が心地よく調和している。そこのテラスからはセーヌ川とその向こうに建つノートルダム寺院がよく見渡せる。

ケリーは来週の予定のことを思いだした。夫のマークが彼女をどこかびっくりするようなところへ連れて行ってくれることになっている。

〈〝思いきりおしゃれして来てくれ。きみにかならず気に入ってもらえる場所さ〟〉

ケリーの顔はひとりでにほころんでいた。

〈マークほどすてきな男性が世界中にいるかしら〉

ケリーは腕の時計に目を落としてため息をついた。

〈もうそろそろ行かなくちゃ〉

ショーの開始は三十分後だ。

数分後、彼女はアパートのドアを閉め、エレベーターホールへ向かった。ちょうどそのとき、近所のドアが開き、マダム・ラポワントが廊下に出てきた。小柄でおしゃれな女性で、ケリーにすれ違うたびにやさしい言葉であいさつする。

「こんにちは、マダム・ハリス」

ケリーはにっこりして答えた。

「こんにちは、マダム・ラポワント」

「いつもお美しいのね」

「ありがとう」

そう言いながらケリーはエレベーターの呼びボタンを押した。

廊下の奥のほうで作業服を着た小太りの男がなにかの機具を修繕していた。男は女性二人を見て顔をそむけた。

「モデルの仕事はうまく行っていますか?」

マダム・ラポワントが尋ねた。

「ええ。おかげさまで、とってもうまく行っています」

「いつかわたしも行って、あなたのショーを見てみたいわ」

「言ってくだされば、いつでもチケットをアレンジします」

エレベーターのドアが開いた。マダム・ラポワントが先になかに入り、そのあとにケリーがつづいた。作業員の男は携帯電話をとりだし、なにごとか早口でしゃべると、その場からいなくなった。

エレベーターのドアが閉まろうとするちょうどそのとき、ケリーのアパートから電話のベルが聞こえてきた。ケリーはどうしようか迷った。マークからかもしれない。彼女はドアの開閉ボタンを押し、マダム・ラポワントに断わった。

「お先にどうぞ。わたし、戻って電話をとりますから」

ケリーはエレベーターから出ると、バッグを探ってキーをとりだし、あわててドアを開けた。

鳴りつづける電話に駆け寄り、息をハーハーさせながら、受話器に向かって呼びかけた。

「マーク？」

聞き覚えのない声が答えた。

「ナネットですか？」

ケリーはがっかりした。

「ここにはナネットなんていう人はいませんけど」

「すみません。間違いでした」

〈間違い電話だって〉

ケリーがため息をもらしながら受話器を置いたそのとき、なにかが爆発したような大音響がビルを揺るがした。一瞬の静寂のあと、悲鳴と急を告げる叫び声が聞こえてきた。ケリーは怖くなり、なにが起きたのかと廊下へ出てみた。叫び声は階下のほうから聞こえていた。ケリーは階段を駆け下りた。ロビーまで来ると、下のほうで人々のあわてふためく叫び声がした。

地下室まで下りていったケリーは一歩手前で足を止めた。落下したエレベーターの残骸と乗っていた人の遺体の一部が見えた。近寄ってよく見ると、不自然にひん曲がったその遺体はマダム・ラポワントのものだった。ケリーは気を失いそうになった。

〈可哀そうな人。ついさっきまであんなに生き生きしていたのに。あのとき電話のベルが鳴っていなければ、わたしもこうなっていたんだわ〉

エレベーターの残骸を一団の人たちが取り囲んでいた。遠くからは救急車のサイレンの音が聞こえていた。

〈わたし、ここにいなきゃ〉

ケリーは二者択一の行動に苦しんだ。

〈でも、そんなことしてる時間はないんだ。早く行かなきゃ〉

ケリーは遺体に顔を近づけてささやいた。

「ごめんなさい、マダム・ラポワント」


ケリーがファッションショーの楽屋に着くと、コーディネーターのピエールがいらいらしながら彼女が到着するのを待ちかまえていた。ピエールは彼女を見るなり大声を張り上げた。

「ケリー！　ケリー！　遅いじゃないか！　ショーはもう始まってるぞ。早く――」

「ごめんなさい、ピエール。とてもひどい事故があったの」

ピエールは急に表情を変えた。

「それできみは大丈夫なのかい？」

「わたしは大丈夫よ」

ケリーはそう言って目を閉じた。あんな恐ろしいことを目撃した直後に仕事をするなんて、とてもその気になれなかった。しかし、選択の余地はなかった。彼女はショーのスターなのだから。

「さあ、早く！」

ピエールはケリーを急かした。ケリーは着替え室へ急いだ。


その年のもっとも権威あるショーがキャンボン通りのシャネルのサロンで開かれていた。パパラッチが大勢、最前列に固まっていた。会場は満席で、今年の最新流行をひと目見たいという立ち見客も大勢いた。会場はたくさんの花やカーテンで飾られていたが、内装に興味を持つ客などいない。アトラクションはランウェーを川のように流れる色彩と美とスタイルである。ステージの動きに合わせてスローでセクシーなビートの音楽が演奏されている。

美しいモデルたちがランウェー上を行ったり来たりしているあいだ、ラウドスピーカーからファッションについての解説が流れる。アジア人の美女がランウェー上を歩きだすと、説明がはじまる。

「……エッジトップに縫い込みを入れたサテンウールのジャケットと、ジョーゼットのパンツと白のブラウス……」

ほっそりしたブロンドのモデルが舞うようにランウェー上を進む。着ているのが白のコットトンカーゴパンツに黒いカシミヤのタートルネック。

スウェーデンのモデルが歩き終えると、ランウェー上には誰もいなくなった。ラウドスピーカーが告げていた。

「いよいよ水の季節がやってきました。ビーチウェアのニューラインを発表できるのはわたしたちの喜びとするところです……」

会場の期待感が盛り上がる。それが最高潮に達したところで、いよいよケリー・ハリスが登場する。白いビキニを着た彼女のひき締まった乳房がブラからはみ出しそうだ。彼女がランウェーを歩きだすと、その効果はほとんど催眠的である。拍手の波がわき起こる。ケリーはそれに応えてかすかな笑みを浮かべ、向きを変え、ステージから消えていく。

ケリーが楽屋に戻ると、男が二人彼女を待っていた。

「ハリス夫人、ちょっとよろしいでしょうか――?」

「ごめんなさい」

ケリーは謝ってから言った。

「すぐ着替えなきゃならないの」

ケリーは言い終わらないうちに歩きだした。

「ちょっと待ってください、ハリスさん。われわれは警察の者です。わたしは警視のジュネ、こちらは同じく警視のステノーです。お話ししたいことがあります」

ケリーは足を止めた。

「警察ですって？　なんの話ですか？」

「あなたはマーク・ハリス氏の奥さんですよね？」

「ええ、そうですけど」

ケリーは妙な胸騒ぎを覚えながら答えた。

「でしたら、残念ですが、お知らせいたします。ご主人は昨夜亡くなられました」

ケリーは急にのどがカラカラになった。

「わたしの夫が――なんですって？」

「自殺されたのは明らかです」

ケリーの耳のなかがグワーンと響き、警視の言葉が聞こえなくなった。しかし、脈絡のない断片は聞こえていた。

「……エッフェル塔……夜中……メモ……残念です……深く同情します」

単語の羅列であってもおおよその意味は理解できた。

「マダム――」

〈〝思いきりおしゃれして来てくれ。きみにかならず気に入ってもらえる場所さ〟〉

「それは――なにかの間違いです」

ケリーは反射的に答えた。

「マークがそんなはずは――」

「お気の毒ですが」

警視はケリーをまっすぐに見つめながら言った。

「大丈夫ですか、マダム?」

「ええ、大丈夫よ」

〈わたしの人生はこれで終わりだけどね〉

ショーのコーディネーターのピエールがあわてた様子でケリーのところにやってきた。手にはきれいなストライプの水着をぶらさげていた。

「さあ、早く着替えなくちゃ。もう一刻の猶予もありません」

そう言ってピエールはビキニを彼女の腕のなかに押しつけた。

「早く!　早く!」

ケリーはもらった水着をぽとりと床に落とした。

「あのね、ピエール」

コーディネーターはびっくりして彼女の顔をのぞいた。

「なんだい?」

「この水着はあなたが着てちょうだい」

長大なリムジンがケリーを彼女のアパートに運んだ。ショーの監督は誰かを同行させたがったのだが、ケリーは大丈夫だからと言ってそれを断わった。彼女はむしろ一人でいたかった。ケリーがアパートのある建物の玄関に入ると、コンシエージのフィリップ・ソンドルの姿が見えた。彼のとなりには作業服の男が立ち、二人を一団の住人たちがとり囲んでいた。住人の一人が言った。

「お気の毒なラポワント夫人……なんという恐ろしい事故なんでしょう」

作業服の男は太い金属ワイヤーの切断箇所を皆に見せながら言った。

「事故ではありません。このとおり誰かがエレベーターの安全ブレーキを切断したんです」

明け方の四時。ケリーは眠れず、椅子に座ったまま窓の外をボーッと眺めていた。耳にはまだ警視の声がこだましていた。

〈〝警察の者です……お伝えすることがあります……エッフェル塔の上から……遺書が……〟〉

〈マークは死んだのね?……マークは死んだのね?……マークは死んだのね?……〉

同じ言葉が歌の文句のようにケリーの頭のなかでくり返されていた。

ケリーの脳裏には、はるか下の地面にまっすぐ落ちていくマークの姿が映っていた。マークが地面に激突する直前、ケリーは腕を伸ばしてマークを受け止めようとする。

〈あなたはわたしのことが原因で死んだの？　わたしの行動になにか問題があったの？　それとも、わたしになにか足りないことが？　わたしがなにか変なことを言った？　それとも、わたしがなにか言うべきことを言わなかったから？　おとといあなたが出かけたとき、わたしは眠っていて、さよならも言えなかったわ。あなたにキスして、わたしがどんなに愛しているかも言えなかったわ。あなたなしではわたしは生きて行けない〉

ケリーは本気でそう思った。

〈助けてちょうだい、マーク！　助けて――いつものあなたのやさしいやり方で……〉

第十一章

ゲーリーとロイス兄妹

飛行機のエンジン音が頭上に近づいてきたとき、ロイス・レイノルズの口元にやさしい笑みが浮かんだ。

〈ゲーリーだわ。ずいぶん遅れたのね〉

ロイスは空港まで迎えにいくと言い張ったのに、タクシーを拾うからいいと言って兄は妹の申し出を断わった。

「でもわたし、迎えに行きたいのよ――」

「むしろ家で待っててくれたほうがぼくは気が楽なんだ」

「じゃ、兄さんのお望みどおりにするわ」


ロイスの生活のなかで兄、ゲーリーは常にいちばん重要な地位を占めていた。カナダのケローナで育った彼女の子ども時代は悪夢に等しかった。物心ついてからずっと世界は敵に感じられた。とくにきらびやかな雑誌やファッションモデルや映画女優などの存在は彼女にとっては厭うべき敵でしかなかった。というのも、彼女は肥満児だったからだ。デブ＝ブスだなんて、誰が初めに言いはじめたのだ？　ロイス・レイノルズは時間さえあれば鏡に映る自分と格闘していた。髪の毛はブロンドで、目の色は青。青白いデリケートな顔をしている。体の線は、確かに太ってはいるが、見るからに心地いいとロイス自身は思っていた。

〈男の人はいいわね。ビール腹をパンツの上から突き出していても誰にも文句を言われないいんだから。ところが女は何キロか体重が増えただけで周囲から非難の目で見られる。女の理想の体型が90・60・90だなんて、どこの誰が決めたの？〉

ロイスがいまでも根に持っているのが、校長先生に背中をたたかれ、こう言われたことだ。

「太ってるな。ブーちゃんみたいだぞ」

校長の言葉に彼女は深く傷ついた。しかし、そんなときいつも彼女を守ってくれたのは兄のゲーリーだった。トロント大学を卒業するころのロイス・レイノルズはもう男たちからからかわれるのにうんざりしていた。

〈本当に中身のある女性を求めているどこかの王子様、わたしはここにいますよ〉


まったく予期しないある日、その理想の王子様が現われた。男の名前はヘンリー・ローソン。教会の行事の席でだった。ロイスはたちまち彼に惹かれた。ヘンリー・ローソンは背が高く、痩せていて、ブロンドの髪、いつも笑みを絶やさず、性格も外見に見合っていた。彼の父親は教会の司祭である。ロイスは教会の行事に出たときはいつもヘンリーの横にいた。彼女がヘンリーから聞いたところによると、彼は保育園を経営していて、自身は自然愛好家だという。

「もし明日の夜、忙しくなかったら」

と、彼は初めてロイスを誘った。

「きみに夕食をおごりたいんだけど」

ロイスはちょっとためらったが、誘われたことがうれしかった。

「ええ、いいわ」

ヘンリー・ローソンは彼女をトロントでいちばんすてきなレストラン《ザ・サフラッツ》に連れて行った。メニューは品数が豊富でどれもおいしそうだった。しかし、ロイスはほんの軽いものしか注文しなかった。ヘンリーに太ったグルメと思われたくなかった。彼女がサラダしか食べないのにヘンリーは気づいていた。

「だめだよ、もっと食べなくちゃ」

「でも、わたしいま体重を調整中なの」

ロイスは嘘をついた。ヘンリーは彼女の手の上に自分の手を重ねた。

「体重なんか調整しないでほしい。ぼくはいまあるきみが好きなんだ」

彼のその言葉を聞いてロイスはときめいた。彼女にそんなことを言ってくれた男性は彼が初めてだった。

「ぼくがきみのために勝手に注文しちゃうぞ。ステーキとポテトとシーザーサラダを頼むから、ちゃんと食べなさい」

〈わたしの食欲を理解し、それを認めてくれる男性に出会えたなんて、わたしって、なんてラッキーなんでしょう〉

それからの数週間、おいしいデートの毎日がつづいた。三週間すぎたとき、ヘンリーが言った。

「ぼくはきみを愛している。ぼくの妻になってくれないか?」

一生聞けないとあきらめていた言葉である。ロイスは両腕を彼の首にまわして言った。

「わたしもあなたのことを愛しているわ、ヘンリー。あなたの奥さんになりたい」

結婚式は五日後、ヘンリーの父親の教会で執り行なわれた。兄のゲーリーと数人の友達に囲まれ、とてもすばらしい式になった。ヘンリーの父親も賛成してくれた。ロイスは最高に幸せだった。

「おまえたち、ハネムーンはどこへ行くんだい？」

ローソン牧師が息子たち新郎新婦に尋ねた。

「レーク・ルイーズへ行くんだけど」

息子のヘンリーが答えた。

「あそこはロマンチックだから」

「ハネムーンにはぴったりのところだ」

ヘンリーはロイスを抱きしめ、彼女の耳元でささやいた。

「これからずっと毎日ハネムーンの気分でいたいな」

またまた彼の言葉に恍惚となるロイスだった。

結婚式を終えると、二人はその足でレーク・ルイーズへ向かった。カナディアンロッキーの山中、風光明媚なバンフ国立公園内にある神秘の湖である。二人がホテルに着いたのは、オレンジ色の太陽が水面に輝く夕方だった。ヘンリーは彼女を抱きしめて言った。

「お腹すいたかい?」

ロイスは彼の目をのぞきこんでにっこりした。

「いいえ」

「ぼくもすいてない。脱ごう」

「ああ、そうね、ダーリン」

二分後、二人はベッドにもぐりこみ、ヘンリーの情熱的なラブメーキングがはじまった。心地よい疲労感のなかでロイスははじめて味わう恍惚の世界をさまよった。

「オー、ダーリン。愛してるわ」

「ぼくも愛してるよ、ロイス」

ヘンリーはいきなり立ち上がると、こう言った。

「さあ、今度は快楽に対する罪滅ぼしだ」

ロイスはなんのことか分からず彼を見上げた。

「なんですって?」

「ひざまずけ!」

ロイスは笑った。

「あなた、まだ疲れてないの、ダーリン？」

「ひざまずくんだ」

ロイスはにやにやしながら従った。

「オーライ」

ロイスは何がはじまるのかと思いながら、ひざまずいて彼の様子をうかがった。ヘンリーはズボンから太いベルトをはずし、近づいてくるやいなや、いきなり彼女の尻に一撃をくわせた。不意をつかれ、よける暇もなかったロイスだが、ものすごい痛みに耐えかね、悲鳴をあげて立ち上がろうとした。

「なにするのよ、あなた⁉」

ヘンリーは足で蹴って彼女を押さえつけた。

「言っただろ、ダーリン。快楽の罪滅ぼしをするんだ」

ヘンリーはふたたびベルトを振りかざすと、二発目を彼女の尻に放った。

「やめて！　やめてよ！」

「じっとしているんだ！」

ヘンリーの声はうわずっていた。ロイスはもがいて立ち上がろうとした。しかし、ヘンリーのがっしりした手に押さえられてできなかった。三発目のムチ打ちが彼女の尻の同じ場所を襲った。激しい痛みに、ロイスは自分の尻が裂かれたような気がした。

「ヘンリー！　お願いだから、やめて！」

やがてヘンリーは立ち上がり、肩を上下させながら深いため息をついた。

「よし、これでいい」

ロイスは痛くて体を動かせなかった。腫れた傷口から血が流れるのが分かった。それでもなんとか立ち上がった彼女だが、口もきけないほど動転していた。ただただ自分の夫になった男を見つめることしかできなかった。

「セックスは罪だ。その誘惑と闘わなくちゃな」

ロイスは首を振るだけでまだしゃべれなかった。たったいま起きたことが信じられなかった。

「アダムとイブのことを考えてみろ。人間の始まりのことだ」

ヘンリーはとつとつと語りだした。ロイスは泣きだした。すぐさま激しい嗚咽に襲われた。

「さあ、もういい」

ヘンリーは彼女を両腕で包んだ。

「もういいんだ、愛してるよ」

ロイスはもう恍惚となれなかった。

「わたしも愛してるわ。でも――」

「心配するな。ぼくたちは罪に打ち勝ったんだ」

〈ということは、こんなことはこれで終わりということなのね？〉

ロイスは彼の言葉を分析してそう思った。

〈牧師の息子だからこうなのかしら。でも、終わってよかった〉

ヘンリーは彼女を抱く腕に力をこめた。

「愛しているよ。じゃ、そろそろ夕食を食べに行こう」

レストランでロイスはお尻が痛くてまともに座っていられなかった。店から枕みたいなクッションを借りたかったが、恥ずかしくてそれはできなかった。

「さあ、注文するぞ」

ヘンリーは自分にはサラダしか注文しなかったが、ロイスのためにあれこれの料理を注文した。

「きみには元気でいてもらいたいからな」

夕食のあいだに、ロイスは起きたことの性質を分析してみた。ヘンリーは彼女が出会ったなかでいちばんすてきな男性だ。不意打ちをくわされたわけだが。

〈これが世に言う男性の性癖というものかしら〉

いずれにしても苦行は終わった。これからはお互いに面倒を見たり見られたりしながら一生を送ることになるのだ。

こってりした夕食を終えたあと、ヘンリーはロイスだけにデザートを注文した。

「ぼくはスケベだからな」

ロイスはにっこりした。

「あなたを幸せにできてうれしいわ」

夕食をすっかり終えたところでヘンリーが言った。

「部屋に戻ろうか?」

「いいわよ」

部屋に戻ると、二人はすぐ裸になった。ヘンリーは彼女をやさしく抱いた。彼女の尻の痛みはいつのまにか感じられなくなっていた。彼のラブメーキングはやさしくて情熱的で、クライマックスの恍惚感はいままでにも増して深かった。ロイスは夫にしがみついて言った。

「よかったわ」

「だろ?」

ヘンリーはうなずいて言った。

「さあ、今度は快楽の罪滅ぼしだ。ひざまずけ」

深夜、ヘンリーが眠りこけているとき、ロイスはそっと荷造りしてホテルを出ると、飛行機でバンクーバーへ逃げ帰った。そして、すぐさま兄のゲーリーに連絡した。昼食をとりながら、彼女はすべてを兄に告白した。

「離婚の手続きをとるわ」

ロイスは言った。

「でも、どこか遠くへ行ってしまいたいの」

ゲーリーはしばらく考えてから言った。

「保険の代理店をやっている友人がいるんだけど、場所はデンバーなんだ。ここから二千五百キロも離れているけど、いいかな?」

「そのほうがいいわ」

ゲーリーはうなずいた。

「じゃ、彼に連絡してみる」


二週間後、ロイスは保険代理店の幹部職員として働いていた。

もともと仲がよく、連絡も密な兄妹だった。彼女が移り住んだのは、遠くにロッキー山脈が見える小さな山小屋だった。兄はできるだけひんぱんに妹を訪問していた。二人の週末はいつも満ち足りていた。スキーに、釣り。一日中ソファに座って世間ばなしをすることもある。

〈おまえはぼくの自慢の妹さ〉

ロイスは兄からよくそう言われた。ロイスにとってもゲーリーは自慢の兄だった。彼は科学の分野で博士号を持っていた。就職先も国際的なシンクタンクで、趣味は自家用機の操縦である。


ロイスが兄のことを考えていたときに玄関がノックされた。誰だろうと思い、のぞき穴から見ると、トム・ヒューブナーだった。ぶっきらぼうでしゃれっ気のない大男のトムはチャーター機のパイロットで、兄ゲーリーの友達である。ロイスがドアを開けると、ヒューブナーは入ってきた。

「ハーイ、トム」

「ロイス」

「ゲーリーはまだなのよ。飛行機の爆音をちょっと前に聞いたから、もうすぐ来ると思うんだけど。なかに入って待ってる?」

トムは立ったままじっとロイスを見つめていた。

「テレビのニュースを見てなかったのかい?」

ロイスは首を横に振った。

「いいえ。なぜ？　まさか、また戦争が始まったんじゃないでしょうね？」

「ロイス、悪いニュースだ。本当なんだ」

トムの声はこわばっていた。

「ゲーリーのことなんだけど」

ロイスは身を硬くした。

「ゲーリーがどうしたの？」

「彼はきみに会うためここに向かっている途中——飛行機が墜落して——死んでしまった」

トムが見ていると、彼女の目から光が消えるのが分かった。

「残念だ。きみたち兄妹がどんなに仲がよかったか、おれはよく知っているからな」

ロイスはなにか言おうとしたが、呼吸困難に陥って言葉がつづかなかった。

「どうして——どうして——どうして？」

トムは彼女の手をとり、やさしく長椅子に導いた。ロイスは腰をおろし、深呼吸した。

「なにが——なにがあったの？」

「ゲーリーの飛行機はデンバーからちょっと離れたところの山腹に墜落したんだ」

ロイスは失神しそうだった。

「トム、お願いだから、わたしを一人にさせて」

トムは心配そうに友人の妹の様子を観察した。

「本当に大丈夫かい、ロイス？　おれは今日はひまだから一緒にいても――」

「ありがとう。でも、わたしは大丈夫だから。帰ってちょうだい」

トムはどうしようかとしばらくそこに立っていたが、やがてうなずいた。

「おれの電話番号を知ってるだろ？　いつでも電話してくれ」

彼女はショック状態のまま椅子から動けなかった。トムが帰る音も耳に入らなかった。まるで自分が死んだのだと聞かされたような生気のなさだった。彼女の頭のなかは子ども時代の追憶をたどっていた。兄のゲーリーは彼女をからかう悪ガキたちをいつも追い払ってくれた。成長するにしたがって一緒に野球の試合や映画を観に行ったり、パーティーに参加したりした。兄に最後に会ったのは一週間前だった。そのときの様子が思いだされる。だが、その場面は、涙を通して見る映画のようにぼやけていた。

二人はダイニングテーブルについていた。

「あまり食べないのね、ゲーリー」

「おいしいんだけど。そんなにお腹がすいてないんだ」

妹は兄をちらりと見て言った。

「なにか話したいんでしょ？」

「おまえはよく勘が働くな」

「なにか仕事に関すること？」

「そうなんだ」

ゲーリーは皿を向こうへ押しやって言った。

「――命が危ないんだ――」

妹はびっくりして兄を見つめた。

「なんですって?」

「このことを知っているのは世界中でもほんのひと握りの者たちなんでね。来週の月曜日、またここに飛んでくる。そして、ここに一泊してから、火曜日の朝ワシントンへ向かうつもりだ」

ロイスは顔をしかめた。

「なぜワシントンへ行くの?」

「プリマのことを関係者にぶちまけるためさ」

ゲーリーは妹にそのすべてを語った。


そのゲーリーが予告どおり死んでしまった。

〈〝命が危ないんだ〟〉

兄が死んだのは事故などではない。殺されたのだ。

ロイスは時計を見た。もう夜中になっていて、なにをするにも遅すぎる。朝になったら電話をかけて兄の無念を晴らしてやろう。ゲーリーが果たせなかったことを自分がしてやるのだ。ロイスは急に疲れを覚えた。椅子から立ち上がるのもようやっとだった。夕食はまだしていなかったが、食事のことを考えただけでももどしそうだった。

ロイスは寝室に入るやベッドに倒れこんだ。着替えをする元気もなかった。そのまま深い眠りに落ちていった。

ロイスは夢を見ていた。兄と一緒に列車に乗っている夢だった。乗客は全員がタバコを吸っていた。暑苦しくて煙たくて彼女はむせた。そして、自分の咳をする音でロイスは目を覚ました。部屋の様子がおかしかった。見回すと、カーテンが燃えていた。すでに部屋じゅうに煙が充満して物が見えなくなっていた。ロイスはベッドから跳び出ると、息を止めて床を這った。なんとかとなりのリビングルームに脱出できた。しかし、そこも炎と煙で充満していた。玄関に向かって二、三歩進んだところで、彼女は意識を失い、床にうつ伏せになった。

ロイス・レイノルズの記憶の最後にあるのは、自分に向かってひたひたと押し寄せてくるオレンジ色の炎だった。

第十二章

パリにおける捜査

パリの第十二区エナール通りに建つ警察本部において捜査のための事情聴取が行なわれていた。

アンドレ・ベルモンドとピエール・モレーの両警部に尋問されているのは、エッフェル塔の管理責任者である。聴取記録に書かれていたタイトルは以下のとおりである。

〝エッフェル塔自殺捜査　六月六日　月曜日　午前十時　目的＝管理人ルネ・パスカル〟

モレー警部――パスカルさん、エッフェル塔の展望台から転落したとされるマーク・ハリス氏は、実は殺害されたのだと信じる理由がある。

管理人パスカル＝殺害されたですって？――わたしは事故だと聞いていますが。でも、誤って転落するなんてありえません。あそこの手すりは相当高いですからね。

ベルモンド警部＝警察の結論は自殺ではないということ。事実、ハリス氏はその週末には妻と出かける予定になっていたから。奥さんはモデルのケリー。

管理人パスカル＝申しわけありませんが、刑事さん。なぜわたしがここで尋問を受けなければならないのか、その理由が分かりません。

モレー警部――二、三の事実をはっきりさせるためである。昨日の夜エッフェル塔のレストランは何時に閉まったのか？

管理人パスカル＝十時です。嵐で客はいませんでしたから、わたしが決めて――

モレー警部――エレベーターが閉まったのは？

管理人パスカル＝普通は深夜まで運転しているんですが、昨晩は見物客もレストランの客もいなかったので、わたしが十時に閉めさせました。

ベルモンド警部＝展望台行きのエレベーターもか？

管理人パスカル＝すべてのエレベーターです。

モレー警部――エレベーターを利用せずに展望台に行くのは可能かね？

管理人パスカル＝いえ、それは無理です。特に昨夜はすべての出入り口が閉まっていましたから。いったいどういうことなんですか？　もし――

ベルモンド警部＝じゃ、はっきり教えてやろう。ハリス氏は展望台から突き落とされたんだ。手すりの上にできていたセメントの損傷をよく調べたんだがね。欠落しているセメントとハリス氏の靴底に残っていた破片が一致したんだ。もし出入り口のドアもエレベーターも閉まっていたなら、彼はどうやって夜の夜中に展望台に上がれるんだい？

管理人パスカル＝わたしは知りませんよ。エレベーターなしにあそこへ行くなんて不可能です。

モレー警部＝＝ところがハリス氏は、展望台へ上るのにちゃんとエレベーターを利用しているんだ。彼を突き落とした暗殺者も、暗殺者たちかもしれないけどな、上り下りにちゃんと利用している。

ベルモンド警部＝外部の人間がエレベーターを運転することもありうるのかね？

管理人パスカル＝いえ、それはありません。エレベーターの運転中は、オペレーターは決して席を離れませんし、エレベーターを終了するときは特殊な鍵で施錠しますから。

モレー警部＝＝その鍵はいくつあるのかね？

管理人パスカル＝三つです。わたしがひとつ持っていて、あとのふたつは管理事務所の金庫のなかにあります。

ベルモンド警部＝エレベーターが昨日十時に閉まったというのは確かかね？

管理人パスカル＝はい。

モレー警部＝エレベーターを最後に運転していたのは？

管理人パスカル＝トットです。ジェラール・トット。

モレー警部＝その男の話を聞かなくちゃな。

管理人パスカル＝わたしも聞きたいところです。

モレー警部＝なんだって？

管理人パスカル＝昨夜来トットは仕事場に顔を見せていないんです。彼のアパートに電話したんですが、返事もありませんしね。それで、家主に連絡をとって聞いたところ、トットはもう引っ越したと言われました。

モレー警部＝引っ越し先を言わずにだな？

管理人パスカル＝そのとおりです。トットはあっという間に消えちゃいました。

「あっという間に消えただって？　おまえさん、マジシャンの話をしているのか？　それとも、エレベーターの管理人の話をしているのか？」

ベルモンド警部にそう言ったのはインターポール本部の総監、クロード・ルノーである。フランス人としても小男の部類に入るルノーは、並はずれてエネルギッシュで、その異常な粘り強さでヒラ警官からわずか二十年で警察機構の最高地位にのぼりつめた熱血漢である。インターポール、すなわち、国際刑事警察機構は加盟百八十一カ国の捜査情報を統括する役所である。パリの西十キロのサン・クルーにある七階建てのインターポール本部において、いま捜査会議が開かれていた。

大きな会議用テーブルの席には十二人の男たちがついていて、男たちは一時間前からベルモンド警部に質問を浴びせていた。

総監は苦々しい口調で言った。

「ということは、上るのにも逃げるのにも不可能な場所で男が殺され、犯人が逃げたというのに、きみもモレー警部もなんの手がかりも得られなかったということだな？」

「モレー警部とわたしはすべての関係者に聴取したんですが――」

「もういい。帰っていい」

「はい、分かりました」

テーブルの男たちは警部が神妙に会議室を出て行くのを見送った。総監は全員を見回して言った。

「これまでの捜査の過程で誰かプリマという名の男に出くわした者はいるか？」

男たちはそれぞれに考えてから、全員が首を横に振った。

「ありませんね。誰ですか、プリマって？」

「われわれにもまだよく分からないんだ。ニューヨークで見つかった死体のジャケットのポケットから出てきたノートに殴り書きされていた名前なんだがね。これと今回のエッフェル塔における事件と関係があると思われる」

総監はため息をついてからつづけた。

「諸君、この謎は深いぞ。わたしがこの機構に移ってきてから十五年、連続殺人、国際ギャング団、騒乱事件、尊属殺人事件、その他想像しうるあらゆる犯罪に取り組んできたが」

総監はひと息ついてから、さらに言った。

「しかし、こんな不可解な事件に出合うのははじめてだ。とりあえずニューヨークの支部に捜査資料を送り、注意を喚起しておく」


マンハッタン警察の署長、フランク・ビブレーはパリのインターポールから送られてきた捜査情報に目を通していた。ちょうどそこにグリーン・バーグ警部とプラジッツァ警部補の二人が入ってきた。

「お呼びですか、署長？」

「かけたまえ」

二人の刑事は署長の机の前の椅子に腰かけた。ビブレー署長は書類をかかげて言った。

「これが今朝インターポールから送られてきた資料だ」

署長は資料を読みはじめた。

「六年前、アキラ・イソという名の日本の科学者が東京のホテルの一室で首吊り自殺をしているのが発見された。自殺者は健康に異常はなく、当時昇進したばかりで、自殺に追い込まれるような状況ではまったくなかった」

「日本でですか？　それとわれわれの捜査となんの関係が――？」

「まあ、話を最後まで聞け。三年前、三十二歳のスイス人女性科学者マドレーヌ・スミスがチューリッヒの自宅のアパートでガス自殺を遂げた。当時彼女は妊娠していて、その胎児の父親と結婚することになっていた。友人たちの話によると、二人はこれ以上はないくらい仲のいいカップルだった」

署長は書面から顔をあげ、二人を見てから、さらにつづけた。

「この三日のあいだに、ソニア・ベルブルーゲというベルリンっ子が自宅のバスタブで溺死自殺を遂げている。同じ日にアメリカ人のマーク・ハリスがエッフェル塔の展望台から飛び降りた。その翌日、ゲーリー・レイノルズという名のカナダ人がセスナ機を操縦してデンバー近くの山腹に激突している」

グリーン・バーグとプラジッツァの両刑事は聞けば聞くほどわけが分からなくなっていた。

「そして昨日は、きみたち二人がイーストリバーの土手でリチャード・スティーブンスの死体を発見したというわけだ」

グリーン・バーグ警部は当惑した目を署長に向けた。

「いまおっしゃった事件がわれわれとどう関係があるんですか？」

ビブレー署長は物静かに言った。

「この全部が同じ事件の範疇なんだ」

グリーン・バーグ警部は目をまるくした。

「なんですって？　つまり、六年前に自殺した日本人と、三年前に自殺したスイス人と、この数日のあいだに死んだドイツ人とカナダ人と二人のアメリカ人、これらが皆つながっていると言うんですか？」

グリーン・バーグ警部はひと息ついてから、さらに言った。

「つながっているとしたら、それをつなげている糸は何なんですか？」

ビブレー署長はインターポールからの捜査資料をグリーン・バーグに手渡した。それを読みはじめたグリーン・バーグ警部の目がどんどん大きくなっていった。警部は書類から顔を上げると、言葉を切りながらゆっくり言った。

「これら一連の殺人事件の背後にシンクタンクのキングスレー・インターナショナル・グループがあるものとインターポールは信じている？　そんなバカな！」

プラジッツァ警部補が同調した。

「署長、相手は世界有数のシンクタンクですよ」

「被害者は全員が殺害されたものである。そして、その誰もがキングスレー・インターナショナル・グループと関係を持っていた。あのシンクタンクのオーナーはタナー・キングスレーだ。彼は半端な男ではないぞ。肩書きもそうそうたるものだ。キングスレー・インターナショナル・グループの社長でありCEOであり、経営者科学委員の議長であり、国家未来研究所の長であり、国防総省の国防政策委員にも就いている。とりあえずきみたち二人で行ってキングスレー氏の話を聞いてこい」

グリーン・バーグ警部は生唾をのんだ。

「かしこまりました」

「それから、ひとつ言っておきたいことがある」

「なんでしょうか?」

「下手に出るんだぞ」

五分後、グリーン・バーグ警部はタナー・キングスレーの秘書と電話で話していた。話し終えてグリーン・バーグ警部はプラジッツァ警部補をふり返った。

「火曜日、午前十時に約束をとりつけた。現在キングスレー氏はワシントンに出張して上院の公聴会に出席しているそうだ」

首都ワシントンにおいて上院環境委員による公聴会が開かれていた。今日の証言者、タナー・キングスレーの様子を熱心に見守る四十人ほどの傍聴人と報道関係者たち。

タナー・キングスレーは現在四十代。背が高くハンサムで、その冷たそうな青い目には知性の輝きがある。ちょっと鉤鼻、ほおはシャープで、古代の硬貨に見られるような顔つきをしている。

公聴会の委員長を務める女性上院議員のポーリン・メアリー・ヴァン・ルーベンは、クソ自信家で知られた個性の強い人物である。彼女はタナー・キングスレーをにらむようにしながら、きびきびした口調で公聴会の開始を宣言した。

「さあ、始めてください、ミスター・キングスレー」

タナー・キングスレーはうなずいた。

「ありがとうございます、上院議員」

彼は上院議員に軽く会釈してから、委員全体を見回し、話を始めた。声には熱がこもっていた。

「わが国の政権担当者の一部が地球の温暖化・温湿化の学説に難くせをつけているあいだに、オゾンホールはどんどん拡大をつづけています。そのため、地球の半分が干ばつに苦しみ、残りの半分が洪水の被害にあっています。ロッス海においてジャマイカほどの巨大な氷山が温暖化のために崩壊しました。南極上空のオゾンホールは一千万平方マイルに拡大しました。これは新記録です」

タナー・キングスレーは言葉の効果を狙って、ひと息ついてから、もう一度ゆっくり繰り返した。

「一千万平方マイルです。ハリケーンや竜巻や台風などの激しい嵐が記録的な規模と回数で世界中に甚大な被害を与えているのをわれわれは目撃しています。これら気象の大変動により、世界中で数百万の人々が飢えや絶滅に瀕しています。われわれは飢えとか絶滅とかいう言葉に慣れてしまって危機感をもたなくなってしまっています。ここでみなさん、思い直してください、この言葉の意味するものを。男や女、子どもたちが飢えて死んでいく情景を。この夏だけでもヨーロッパでは二万人の人たちが熱波によって死にました」

タナーは声をいちだんと張りあげてつづけた。

「これに対してわれわれはなにを実行したでしょう？　政府は、地球環境サミットの決議である京都議定書の批准を拒否しました。ということは、自分さえよければ地球がどうなってもかまわないということです。われわれは好き勝手にするということです。米国はそれほど人口増に悩んでいるのでしょうか？　事態が見えなくなるほど身勝手になっているのでしょうか？」

ヴァン・ルーベン上院議員が口をはさんだ。

「キングスレーさん、わたしどもは論争をしているわけではありません。もう少し口調を謹んでいただけたらと思います」

タナー・キングスレーはため息をついてからうなずいた。仕方なく彼はトーンを落とし、口調を穏やかにしてつづけた。

「温室効果による地球温暖化現象の原因は、化石燃料の燃焼と、それに関連するその他もろもろにあることはみなが知っています。さらに、これら温室効果は人間の手で調節できるはずなのに、ガスの排出は人類五十万年史上最高点に達しています。排出ガスは空気を汚染し、その空気をわれわれの子どもたちや孫たちが吸うのです。空気汚染は阻止できます。なのに、どうしてやらないのですか？　巨額の費用がかかるからでしょうか？」

ここでふたたびキングスレーは声を張りあげた。

「これは金銭の問題ではないはずです。人間の命の値段を考えてください！　汚染防止にどんなに費用がかかろうとも、一人一人の呼吸で割ったらたいした額にはなりません」

タナー・キングスレーの声はさらに熱を帯びた。

「わたしの知るかぎり、地球は人間が住める唯一の場所です。なのに、われわれは猛スピードで土地を汚し、海を汚し、空気を汚しています。ここでそれを阻止しなければ――」

ルーベン上院議員がふたたび発言者を制した。

「キングスレーさん――」

「失礼しました、上院議員。つい激してしまいました。これも地球を守りたい一心からだとご理解ください」

キングスレーの演説はさらに三十分もつづいた。それが終わったとき、ルーベン上院議員が三たび発言した。

「キングスレーさん、わたしのオフィスでお話ししたいと存じます。公聴会は休会といたします」


ヴァン・ルーベン上院議員の事務所は、元はいかにも役所的な内装だったものを、上院議員の趣味でカラフルな繊維や絵画や写真で飾られ、いまではとても女性的な感じのオフィスになっている。

タナー・キングスレーが足を踏み入れたとき、部屋にはヴァン・ルーベン上院議員のほかに二人の人間がいた。その二人を上院議員がタナーに紹介した。

「わたしのアシスタントのコリン・マーフィーと、カロリー・トロストです」

コリン・マーフィーは赤毛の美女で、カロリー・トロストはかわいらしいブロンド。二十代とおぼしき二人は上院議員の横の椅子に腰をおろした。二人ともタナーのカリスマ性に魅せられている様子だった。

「おかけください、キングスレーさん」

上院議員が椅子を勧めた。言われるままにタナーは座った。上院議員は彼をちょっと観察してから言った。

「率直に申して、わたしはあなたが理解できません」

「ほう？　それはまたどうして？　驚きですな、上院議員。わたしは自分の考えをはっきりさせたつもりですが、思うに――」

「あなた個人の感情は分かりますよ。でも、あなたが経営する会社のキングスレー・インターナショナル・グループはさまざまなプロジェクトの契約を政府からもらっているのではありませんか？　なのに、環境に関することだけで政府に盾突くのはビジネス上得策とは思えないのですが」

タナーは冷たい口調で言い返した。

「これは一企業のビジネスの問題ではないんです、上院議員。全人類の問題です。われわれはいま地球の滅亡のはじまりを見せつけられているんです。この際、むしろ上院議員にお願いしたい。予算の配分を再考していただくことを」

ヴァン・ルーベン上院議員は疑わしそうに言った。

「そして、その予算の一部があなたの会社に行くわけですね？」

「予算が誰のところに行くかなんて問題ではありません。手遅れになる前にアクションを起こしたいんです」

ここで秘書のコリン・マーフィーが口を出した。その声はとてもやさしかった。

「すばらしいご意見ですわ。一般の人はそこまで考えませんよね」

タナーは発言した秘書に顔を向けた。

「ミス・マーフィー、一般の人たちはモラルよりも金銭を信じるというのがあなたのご意見なら、何をか言わんやです」

今度はカロリー・トロストが発言した。

「タナーさんのおやりになろうとしていることは、すばらしいことだと思います」

ヴァン・ルーベン上院議員は二人の秘書に否認の表情を送ってから、キングスレーに顔を向けた。

「なにも約束はできませんけど、同僚と話しあってみます。そして、地球環境に関するみんなの意見をとりまとめた上であなたにもう一度連絡します」

「ありがとうございます、上院議員。期待しています」

タナー・キングスレーは言いよどんでから、さらにつづけた。

「マンハッタンにおいでの節は、わたしどもキングスレー・インターナショナル・グループの事業をぜひご覧になってください。かならず興味を持っていただけると存じます」

ルーベン上院議員はそっけなくうなずいた。

「そのときは知らせます」

会談は終了した。

第十三章
謎の招待

夫、マーク・ハリスの死が世間に知られるやいなや、ケリーはお悔やみの電話や花束やEメールの洪水にさらされることになった。いの一番に電話してきたのは、マークの同僚であり親友のサム・メドースだった。

「ケリー！　なんということだ！　ぼくは信じられない――なんて言っていいか――ぼくも悲しんでいる。仕事場でもうマークを見られないなんて――なにかぼくにできることはあるかい？」

「いいえ。でも、心配してくれてありがとう、サム」

「お互い連絡は絶やさないようにしよう。ぼくにできることがあったらなんでもするから遠慮なく……」

つづいてマークの友人やケリーの同僚たちから続々と電話がかかってきた。モデル・エージェンシーの経営責任者、ビル・ラーナーからも電話があった。ひととおりのお悔やみを述べてから、彼は言った。

「ねえケリー、こんなときに言うのは適当じゃないかもしれないけど、なるべく早く仕事に戻ったほうがきみのためだと思うんだ。事務所の電話もきみについての問い合わせで鳴りっぱなしだ。いつごろ仕事に戻れると思う?」

「マークが戻ってきたらね」

そう言ってケリーは受話器を落とした。


電話は鳴りつづけた。仕方なくケリーは受話器をとった。

「はい?」

「ハリス夫人ですね?」

彼女はまだハリス夫人なのだろうか?　マーク・ハリス本人はいなくなってしまったのに。

彼女は意固地になって言った。

「わたしはマーク・ハリスの妻ですけど」

「こちらはタナー・キングスレーの事務所ですが」

〈マークが働いていた——マークを雇っていた人だ〉

「はい、なんでしょうか?」

「ぜひマンハッタンでお会いしたいとキングスレーさんがおっしゃっているのですが。会社の本部にお越しいただくわけにはいかないでしょうか? お忙しいですか?」

ケリーは仕事をしていなかったので時間は充分にあった。予約はすべてエージェンシーに頼んでキャンセルしてあった。だが、ケリーは相手の申し出に驚いていた。

〈なぜタナー・キングスレーさんがわたしに会いたいのかしら?〉

「まあ、時間はありますけど」

「金曜日にパリを発っていただくというのはいかがでしょう?」

こんな時期、いかがもクソもなかった。

「金曜日ならかまいませんけど」

「かしこまりました。では、シャルル・ド・ゴール空港のユナイテッド航空のカウンターにあなたのチケットを用意させておきます」

キングスレーの秘書はケリーにフライトナンバーと出発時刻を教えた。

「ニューヨークの空港にはリムジンを待機させておきますから」

タナー・キングスレーのことはマークから何度も聞かされていた。マークは個人的にタナーに会ったことがあり、タナーのことを天才だと褒め称えていた。

〈マークの思い出を温めあえるかもしれない〉

そう考えると、ケリーは急に行く気になってきた。

愛犬のエンジェルが走ってきて彼女の腰に飛びついた。ケリーは愛犬を抱きしめた。

「わたしの留守中、ママがあなたを連れて行ってくれるからね。ほんの二、三日で戻るわよ」と言いながら、エンジェルを預かってもらうのにもっと適任者がいることを思いついたケリーは、階段を歩いて下り、コンシエージのオフィスに向かった。大勢の工員たちがエレベーターを付け替えていた。ケリーは彼らの前を通るたびに顔がこわばるのを禁じ得なかった。

ビルの管理人のフィリップ・ソンドルは背が高く明るい性格の魅力ある男である。彼の妻も一人娘もケリーにはいつも協力的だ。マークの死を知ったとき、管理人一家はわが事のように嘆き悲しみ、ピエール・ラシエーズで執り行なわれた葬儀にも参列してくれた。

ケリーは管理人のアパートのドアをノックした。ドアを開けた管理人にケリーはさっそく切りだした。

「お願いがあるんです」

「さあ中に入って。なんでも聞いてあげますから、マダム・ハリス」

「わたし、三、四日ニューヨークへ行かなければならないの。そのあいだエンジェルを預かっていただけないかしら」

「かしら、だって？　喜んで預かりますよ」

「ありがとう。助かります」

「預かっているあいだ、うんと甘やかしちゃうけど、いいですか」

ケリーはにっこりした。

「いいですよ。すでにわたしも甘やかしていますから」

「出発はいつですか？」

「金曜日です」

「分かりました。そのつもりでいます。ああ、それから、もう言いましたっけ？　うちの娘がソルボンヌ大学に合格したんですよ」

「それはすばらしいですね。ご自慢の娘さんにご自慢がもうひとつ増えましたね」

「ええ、そうです。娘の入学は二週間後です。夢がかなったと言って家族じゅうで大騒ぎしています」

金曜日の朝、ケリーは愛犬を管理人のアパートへ連れていった。一緒にドッグフードの袋も持っていった。

「では、エンジェルをよろしく。この子の好みのごちそうと遊び道具も持ってきましたから――」

管理人は一歩下がって、床に積んであるものをケリーに指し示した。そこにはドッグフードと犬の遊び道具が山のように積まれていた。ケリーは笑いだした。

「さあエンジェル、こっちのおたくも楽しそうよ」

彼女は愛犬を最後にもう一度抱きしめた。

「さよなら、エンジェル。では、よろしくお願いします、フィリップ」

ケリーがアパートをあとにした朝、建物の受付係をしているニコル・パラディスがわざわざ立って彼女を見送った。ニコル・パラディスは、髪の毛はすでに灰色だが、仕事熱心な女性で、背が小さいため彼女が受付に座ると顔だけが机の上に出る。

受付係はケリーに向かってにっこりした。

「あなたがいないと寂しいから、なるべく早く帰ってきてくださいね」

ケリーは彼女の手を握った。

「ありがとう。早く帰るわ、ニコル」

ケリーは待たせておいたタクシーに乗り、空港に向かった。

シャルル・ド・ゴール空港は、いつものことだが、想像以上に混雑していた。チケットカウンターも、ショップも、レストランも、廊下も、すべてがシュールな迷路のなかにある。まるで太古の恐竜の背中の上をのぼり下りする巨大なエスカレーターのようだ。

空港に着くと、空港責任者の出迎えを受け、プライベートラウンジに案内された。四十五分後に搭乗の案内があった。ボーディングゲートに近づくケリーの様子を素知らぬ顔でうかがっている女性が一人いた。当のケリーがそんなことに気づくはずもなかった。ケリーの姿が見えなくなるや、その女性は携帯電話をとりだした。


機内の座席に座るケリーはマークのことしか考えられなかった。機内じゅうの乗客たちにちらちら見られていることなどぜんぜん気にならなかった。

〈夜の夜中にエッフェル塔の展望台に上るなんて！　誰かに会おうとしていたのかしら？　な

んの用事で？〉
そこまで考えると、さらに悪い疑問がわいてくる。
〈なぜマークは自殺なんかしたのかしら？　わたしたち幸せだったのに。あんなに愛し合っていたのに。自殺だなんて信じられない。あの人にかぎって……マークは絶対に自殺なんてしない……〉
目を閉じると、あの日のことが思いだされる。

最初にデートした日。あれはサッカー観戦の翌日だった。こちらに気があるとマークに思われないよう、彼女はわざと地味な格好をしていた。彼とは気軽な友人関係をきずきたかった。ところが、硬くなってしまったのはケリーのほうだった。子ども時代に受けた虐待が原因で、仕事以外で男性と付き合うことがなかったからだ。

〈あの人はデートの相手じゃないんだわ〉

仕事を終え、アパートに戻ってから、ケリーはずっと自分にそう言い聞かせていた。

〈単なる友だち。一緒に街をぶらぶらするだけ。ロマンスはなし〉

彼女がそう考えていたときに、ドアのベルが鳴った。

ケリーは胸をときめかせながらドアを開けた。マークが満面に笑みを浮かべて立っていた。

両腕に贈り物の箱と紙袋をかかえて。しかし、その装いがおかしかった。小さすぎてサイズの合わないグレーのスーツに、色の合わないグリーンのシャツ。そこに真っ赤なネクタイをして、茶色い靴をはいていた。ケリーは思わず笑いだしそうになった。だが、ファッションの世界に生きている彼女には、こういう悪趣味な服装の男性はかえって愛らしいものなのだ。ルックスが自慢の男たちに飽き飽きしている彼女だから。

「入って」

「遅すぎた？」

「いいえ、ぜんぜん」

彼は約束より二十五分も早かった。マークがケリーに箱を差しだした。

「はい、これはきみに」

五ポンドのチョコレートだった。ダイヤモンドだの毛皮だのの贈り物に慣れていたケリーにはチョコレートは新鮮だった。ケリーはにっこりした。

「ありがとう」

「こっちはエンジェルへのおごり」

その声が聞こえたかのように、エンジェルが駆け寄ってきてマークにじゃれついた。マークはエンジェルを抱き上げ、その頭をなでた。

「おまえはぼくのことを覚えているのか？」

「わたし本当にお礼を言うわ」

ケリーも手を伸ばしてエンジェルの頭をなでた。

「この子はわたしの支え」

その夜のデートは、案にたがい、うまくいった。マークは一緒にいて楽しい男性だということが分かった。マークもとても喜んでいるようだった。彼は頭がよくて話が分かって、一緒にいる時間がとても短く感じられた。

二人はデートを終え、ケリーのアパートがある建物の前に戻ってきた。彼女はふたたびナーバスになった。男たちの言う言葉が彼女の耳をよぎる。はたしてこの人はなんて言うだろう?

〈おやすみのキスを……〉

〈ちょっとあがって一杯ごちそうになっていい?……〉

〈今夜一人で過ごすなんて寂しいな……〉

それとも、突然抱きついてくるのかしら?　ケリーがドアを背にして立つと、マークは彼女をじっと見つめて言った。

「今日ぼくが最初に気がついたのはなんだか知ってる?」

ケリーは身を硬くした。

〈ほらきた〉

〈きみのお尻がかっこよくて……〉

〈このおっぱいが……〉

〈その長い脚にむしゃぶりつきたい……〉

「いいえ」

ケリーはそっけなく言った。

「なにに気がついたの?」

「きみは傷ついている。それが目に現われているね」

ケリーが答える前にマークが言った。

「じゃ、おやすみなさい」

マークが帰っていくのを黙って見送るケリーだった。


「ご搭乗のみなさま、シートベルトをお締めになり、椅子の背をもとの位置にお戻しください。機はただいまケネディ空港への最終着陸態勢に入りました。あと数分で着陸いたします」

ケリーはハッとして回想から現実に戻った。これからマークの雇用主に会う。彼女はそのために遠路はるばるニューヨークまでやって来たのだ。

誰かがメディアに情報を流したのだろう。ケリーが空港に降り立つと、大勢の見知らぬ人たちに迎えられた。リポーターやテレビのカメラが彼女を囲んだ。

「ケリー、こっちを見て！」

「ハリス氏の死因はなんだったのですか？」

「警察の調査は進んでいるんですか？」

「離婚の協議中だったというのは本当ですか？」

「米国に戻ってくるつもりですか？」

「事件を知ったときどんな気持ちでした？」

〈くだらない質問ばかり〉


ケリーを取り巻いていた群衆の外側に一見して目立つ男が立っていた。明るい顔をしたその男はケリーと目が合うと、にっこりして手を振った。ケリーは彼にそばに来るよう合図した。

ベン・ロバーツはいまをときめくテレビの人気司会者で、彼の番組の視聴率はつねに一位を保っている。ケリーは以前彼のインタビューを受けたことがあり、以来二人は友人づき合いをしている。ケリーが見ていると、ベン・ロバーツは人垣をかき分け、彼女のほうに近づいてきた。しかし、その顔が大衆に親しまれている点ではベン・ロバーツのほうがケリーよりも上である。たちまち彼の存在がみなに気づかれてしまった。

「ヘーイ、ベン！　ケリーを番組のゲストに招くのかい？」

「ケリーは事件の経過を告白するかね？」

「ケリーと一緒にいるところを写真に撮らせてください」

ベンはようやくケリーの前にたどり着いた。しかし、二人とも記者たちに今まで以上にもみくちゃにされた。

ベンが叫んだ。

「みんなちょっと待って！　これじゃ、なんにもしゃべれない。少し放っておいてくれ。あとでちゃんと会見するから」

リポーターたちはいやいや引き下がっていった。ベンはケリーの手をとって言った。

「本当に残念でした。ぼくもマークのことが大好きだったのに」

「マークもあなたのことが大好きだったわ、ベン」

ケリーはベンと連れ立って荷物を受け取りに指定のカラソルに向かった。歩きながらベンが言った。

「これはオフレコで聞くんだけど、ニューヨークではなにをする予定？」

「タナー・キングスレーに会うために来たんだけど」

ベンはうなずいた。

「彼は相当な実力者だ。あなたの世話もちゃんと焼いてくれてると思うけど」

二人はカラソルに到着した。

「それからケリー、ぼくになにかできることがあったら、いつでも局のほうに連絡してほしい」

彼は周囲を見回してさらに言った。

「誰か迎えが来ているのかい？　じゃなかったら、ぼくが――」

ちょうどそのときだった。制服を着た運転手がケリーの前に現われた。

「ハリス夫人ですね？　わたしはコリンと申します。車を外で待機させてあります。これからキングスレーさんが手配したメトロポリタン・ホテルのスイートへご案内します。タグをいただければ、荷物はわたしのほうで預かっておきます」

ケリーはベンのほうをふり返った。

「電話いただける？」

「もちろん」


十分後、ケリーは出迎えの車に乗ってホテルへ向かっていた。車列のなかを縫いながら、運転手のコリンが言った。

「キングスレーさんの秘書が電話するそうです。そのときにキングスレーさんと会う時間を決めてください。この車はあなたが使えるようういつも待機していますから」

「ありがとう」

〈でも、一人でなにをすればいいの？〉

ケリーはすぐにその問いの答えを聞かされることになる。

第十四章

天才兄弟のシンクタンク

タナー・キングスレーは夕刊の見出しに目をとめた。〝ヒョウの嵐、イランを襲う〟。解説の記事はこの現象を〝狂った気象〟と形容していた。イランのような暑い土地の、しかも夏にヒョウが降るとは確かに不気味である。タナーは秘書を呼んで言いつけた。

「キャシー、この記事をクリップして、ヴァン・ルーベン上院議員のところにすぐ送っておいてくれ。タイトルは〝地球温暖化〟、文面は――」

「かしこまりました、ミスター・キングスレー」

あと三十分もしたら警察の人間がやってくる。タナーは腕の時計に目を落としてから、豪勢なオフィス内を見回した。この繁栄を築き上げたのは彼自身である。KIG、キングスレー・インターナショナル・グループ。この三文字が暗示するパワーは国の政策を変えさせるほど強大である。たった七年前によちよち歩きしはじめたKIGの発展史の裏側を知ったら大衆は仰天するだろう。これまでのあれこれがタナーの脳裏をよぎる……。

彼はKIGのロゴを新しいものに書き換えた日のことを思いだす。

「儲かってない会社にしてはおしゃれすぎませんか？」

誰かが言った。その後タナーは、この儲かっていない会社を独力で世界有数のシンクタンクに育て上げた。あの当時を思いだすと、自分があげてきた業績は奇跡としか思えない。

タナー・キングスレーがこの世に生を受けたのは兄アンドリューの五年あとだった。この五年の差が彼の人生のあらゆる方向性を決定づけた。両親は離婚した。母親は子どもを置いて出て行き、再婚してしまった。父親は科学者だった。兄弟二人は父親の影響で科学者になる道を歩んだ。その父親は心臓発作のため四十歳の若さで他界してしまった。

兄より五歳幼いという事実がタナーを永遠にやまないフラストレーション地獄に突き落とした。タナーは科学の授業で一番の成績をとったときに言われた。

「きみの兄のアンドリューも一番だったぞ。血筋は争えないな」

タナーが弁論大会で優勝すると、そのときの祝辞がこうだった。

「おめでとう、タナー。この賞を受賞するキングスレーはきみで二人目だ」

テニスチームに参加したときはこうだった。

「きみの兄さんのアンドリューはいい選手だったけどな」

タナーは卒業生総代となってスピーチをする栄光を得た。

「きみのスピーチはすばらしかった。五年前のアンドリューのスピーチを思いださせてくれた」

タナーは常に兄の影を追わされた。五年あとに生まれたという理由だけでなんでも二番目のように扱われるのは腹立たしいかぎりだった。

兄弟二人はいろんな点で似ていた。二人ともハンサムで頭がよくて、いろいろな才能に恵まれていた。しかし、成長するにしたがい大きな違いが目立ってきた。兄のアンドリューは控えめで思いやりがあるのに対し、弟のタナーのほうは外交的で派手好み、かつ野心家であった。したがって女性に関しても、兄がオクテなのに対して、弟は押しが強く、そのルックスを武器に好き勝手に手を出していた。しかし、二人の決定的な違いはその人生のめざすゴールにあった。兄のアンドリューが慈善事業の確立をめざしたのに対して、タナーの野心は米国一の金持ちになり国を動かす権力を得ることだった。

兄のアンドリューは大学を最優秀の成績で卒業すると同時に、国の有力なシンクタンクに採用された。そこで五年間働いた彼は、シンクタンクには各方面からかなりの資金が集まることを知った。やがてアンドリューは会社を辞し、自分の手で小規模のシンクタンクを立ち上げた。

タナーにも相談を持ちかけると、弟は小躍りして賛成した。

「それはいい考えだよ、アンドリュー。シンクタンクなら国から百万ドル単位の契約をもらえる。有力会社に働きかければ――」

アンドリューは弟の乗り気に水を差した。

「ぼくのアイデアはちょっと違うんだ、タナー。シンクタンクを立ち上げるのは、この世の不公正を少しでも正したいからなんだ」

タナーは目をぱちくりさせて兄を見つめた。

「不公正を正す?」

「そのとおりさ。第三世界の貧しい国の現状を見てみたまえ。人々は近代的農業や産業に立ち遅れて極貧に追いやられている。まず、飢えをなくすよう効率いい農業を指導してやらなければ。ことわざにも言うだろ、〝衣食足りて礼節を知る〟って」

〈兄貴は言うことも古ければ、やることも時代遅れなんだ〉

「だけどな、アンドリュー。そういう貧しい国って、なにをやってあげてもこっちの儲けにならないんじゃないかね」

「これは金儲けじゃないんだ。貧しい国に近代農業を植えつけて自給自足できるようにしてやるのさ。この世界から不公正をなくすのがぼくの究極的な理想なんだ。そのためのシンクタンクさ。名前はキングスレー・グループにする。おまえをパートナーにしたいんだけど、どうだ、やってみるか?」

タナーはちょっと考えてからうなずいた。

「悪くないね。まあ、国の契約をとり、資金を確保しながら、そういう活動をしていくのもいいと思う」

「なあ、タナー。何度も言うけど、ぼくは儲けるつもりはないんだ。このシンクタンクを第三世界の救助に捧げたい」

タナーはにっこりした。この際は妥協するしかないだろう。最初は兄の好きなようにさせておいて、うまく行くようになったら徐々に金儲けにシフトしていけばいいのだ。

「どうだ、一緒にやるか、タナー?」

タナーは握手の手を差し伸べた。

「じゃ、未来めざしてやろう」

六カ月後、二人の兄弟は雨のなか冴えない煉瓦づくりの小さなビルの前に立っていた。ビルにはキングスレー・グループの表札がつけられたばかりだった。

「どうだ？」

アンドリューは弟に感想を訊いた。満足げでとてもうれしそうだった。

「いいんじゃないか」

タナーは口調に皮肉をにじませて言った。

「この法人名がこれから世界の飢えた人たちを救う象徴になるんだ。第三世界に派遣する専門家を何人か雇い入れてある」

タナーは反対しかけたが、途中でやめた。兄貴は言いだしたら止まらない男だ。その点は自分と同じ血筋を受け継いでいる。時が来るのを待てばいい。時が来るのを。タナーは表札を見ながら思った。

〈キングスレー・グループじゃなくて、いずれキングスレー・インターナショナル・グループ、略してＫＩＧにでもするかな〉

アンドリューの大学時代の親友ジョン・ハイホルトは第三世界救済の考えに賛同してシンクタンクを立ち上げるのに十万ドル出資していた。そのほかの必要な資金はすべてアンドリューが個人的なコネを使って大勢の人たちから少しずつ集めたものだ。

活動はただちに開始された。半ダースほどの専門家たちがモンバサやソマリヤやスーダンに派遣され、農業技術の指導をはじめた。しかし、これらの事業は出費がかさむだけで、なんの利益にもならなかった。

タナーにとっては馬鹿ばかしいかぎりだった。

「アンドリュー、どこか景気のいい会社と契約して儲けになることをしなくては——」

「それは後回しだ、タナー」

〈じゃ、おれたちどうやって食っていくんだい?〉

タナーの感覚では兄は狂っているとしか思えなかった。

「いまちょうどダイムラー・クライスラー社が最新技術の——」

アンドリューはにっこりして言った。

「ぼくたちの本職は第三世界への奉仕だ。まずそれを完遂しよう」

タナーは怒鳴りかえしたいところだったが、そのたびに自分を抑えてその場しのぎを繰りかえしていた。

同じ建物内でアンドリューもタナーもそれぞれ別の研究所を持っていた。二人ともそれぞれの研究に没頭していた。アンドリューが深夜まで働くことがよくあった。

ある朝、タナーが出社すると、徹夜したままのアンドリューがまだ働いていた。弟を見てアンドリューは飛び跳ねた。喜びを表わすジェスチャーだった。

「興奮、興奮! 新しいナノテクの実験に成功したんだ。ぼくが開発した方法で……」

タナーの反応は鈍かった。というのも、昨夜バーで知り合った赤毛の女のことで頭のなかがまだいっぱいだったからだ。カウンターで隣りあわせた二人は一緒にしたたか飲んだあと、へべれけになりながら、女のアパートにしけこんだ。彼女のサービスは念入りで玄人はだしだった。

「……これは完全な技術革新だ。これが普及したら世界の農業問題は一挙に解決する……どう思う、タナー？」

名前を呼ばれてタナーはハッとわれに返った。

「ああ、そうだね、アンドリュー。それはすごい」

生半可な返事をしたタナーだったが、兄の話のすごさに二日酔いはたちまち覚めた。兄はにっこりした。

「おまえなら分かってくれると思った。この可能性の大きさを」

兄の発明は真に称賛に値するものだった。タナーの内側でビッグなアイデアがひらめいた。

〈もしそれがうまく行ったら、おれは世界を手に入れるぞ〉

大学を卒業してまもないある夜、あるカクテルパーティーに出席していたタナーは、うしろから黄色い声で呼びかけられた。

「あなたの話はいつも聞かされているわ、ミスター・キングスレー」

タナーは胸をときめかせてふり向き、がっかりした。彼に声をかけたのは一見して平凡な若い女だった。ただ、その茶色の目の鋭さと、皮肉な笑いをあっけらかんと浮かべているところが変わっていると言えば言えた。タナーにとって女性美とは、つまり、肉体美である。この女がその範疇に入らないのは明らかだった。

「悪口じゃないだろうね？」

そう答えながら、タナーは女を追っ払う言いわけを考えていた。

「わたしはポーリン・クーパー。みんなにはポーラって呼ばれているわ。あなたが学校で付き合っていたギニーの妹よ。姉はあなたに夢中だったわ」

〈ギニー……背は高かったかな？　低かったかな？　皮膚の色は？〉

タナーはそこに突っ立ったまま思いだそうとした。学生時代に彼が付き合った女は数知れない。忘れてしまっている女も大勢いる。

「ギニーはあなたに真剣だったのよ。結婚したがっていたわ」

そんなことを一方的に言われても困る。彼の身はひとつだ。大勢の女たち全員に希望をかなえてやることはできない。

「きみの姉さんはすばらしい人だった。でも、おれたちは性格が合わなくて――」

ポーラという女は冷ややかな笑いを浮かべて言った。

「やめてよ。どうせ彼女のことなんて忘れてるんでしょ？」

タナーは痛いところをつかれて戸惑った。

「いいや、別におれは……」

「いいのよ。姉は幸せになったから。つい最近、結婚式があったのよ」

それを聞いてタナーはほっとした。

「そうだったのか。ギニーは結婚したのか」

「ええ、そうよ」

少し間があってから、彼女はつづけた。

「でも、わたしはまだよ。よかったら、明日夕食を一緒にしない?」

タナーはあらためて彼女のスタイルを観察した。女は彼がごちそうになる範疇に入っていないものの、体はよさそうだった。それに、その妙な明るさが彼の興味をくすぐった。この女なら面倒な手続きなしに簡単に落ちるだろう。タナーはいつもデートを野球に例える。女に一球だけストライクを投げてやる。それで女がホームランを打たなかったら即、選手交代だ。彼女はタナーをじっと見ながら彼の返事を待っていた。

「わたしのおごりよ」

タナーは照れくさそうに笑った。

「夕食代ぐらいはおれだって払えるさ。もしきみが世界一流のグルメというなら別だけど」

「じゃ、試してみてよ」

タナーは彼女の目をのぞきこみ、小さな声で言った。

「そうしよう」


次の日の夜、二人はいま流行りの高級レストランで夕食をとった。ポーラは胸元をぎりぎりまで見せたシルクのブラウスに、黒いスカート、ハイヒール姿で現われた。レストランに入ってくる彼女を見たとき、タナーは、昨日よりうんとましだ、と思った。事実、彼女にはどこかの国の王女さまのような高貴な雰囲気さえ漂っていた。

タナーは立ち上がった。

「グッドイブニング」

ポーラは差し出された彼の手を握った。

「グッドイブニング」

ポーラに物怖じしているようなところはぜんぜんなく、その立ち居振る舞いは堂々としていた。

椅子に座るや、彼女はさっそく切り出した。

「さあ、はじめからやり直しよ。いいわね？　まず、わたしに姉はいないから、よろしく」

タナーは面食らって彼女を見つめた。

「でも、昨日きみは――？」

彼女はにっこりした。

「あなたの反応を試しただけ。友達からあなたのことをいろいろ聞いて、わたし、あなたに興味を持ったからよ」

この女はセックスの話をしているのだろうか？　彼女が言う友達とは誰のことなのかとタナーは頭を巡らせた。彼の胸の内を読んだかのように、彼女が言った。

「変なこと考えないでね。わたしが興味持ったのは、あなたの武勇ぶりじゃなくて、あなたの知性のほうよ」

タナーはちょっとがっかりした。

「おれの――知性のほうだって？」

「そうよ。知性とその他もろもろ」

彼女は意味ありげに言った。

〈こいつは軽くホームランだ〉

タナーは手を伸ばして彼女の手を握った。

「きみはすごい」

タナーは彼女の腕をさすりながら、さらに言った。

「きみは特別な女さ。今夜は楽しくやろう」

ポーラはにっこりした。

「もうその気分になっているの、ダーリン?」

タナーは相手の積極性にちょっとひるんだ。これほど欲望にストレートな女を見るのは久しぶりだ。タナーはうなずいた。

「おれはいつもその気分さ、王女さま」

ポーラは笑いを消さずに言った。

「いいわ。じゃ、あなたの秘密のノートを開いて、今夜オーケーの女の子を探しましょうよ」

冷や水をかけられ、タナーは凍った。いままで数知れない女と遊んできた彼だが、相手にバカにされたことは一度もなかった。タナーは目を大きく見開いて彼女を見た。

「なんの話だい、それは?」

「あなたのせりふを直してやらなくちゃね。それがどんなに陳腐か分かってるの?」

タナーは自分の顔が赤らむのが分かった。

「せりふって、なんのことだい?」

ポーラは彼の目をのぞきこんで言った。

「古すぎるのよ。わたしを口説くときは、ほかの女に言ったことがないような新鮮な言葉を使ってほしいわ」

タナーはムカッとなるのを隠して女を見つづけた。

〈こいつ、誰を相手に言っているのか分かっているのか？　おれはその辺の高校生とは違うんだぞ〉

傲慢にして無礼な女である。いったい何様のつもりだ、とタナーは口の中でつぶやいた。

〈空振り三振。バッターアウト！〉

第十五章
兄の登場

世界中に散らばるキングスレー・インターナショナル・グループを統括する本部は、イーストリバーから道をふたつ隔てたロアーマンハッタンにある。四つの大きなビルと住み込み職員用の二棟の家は五エーカーの敷地内に建ち、敷地の周囲は電子装置で警備された塀で囲われている。

グリーン・バーグとプラジッツァの両刑事は午前十時ぴったりに本部のあるビルのロビーに足を踏み入れた。広々としたスペースにモダンな装飾。ソファやテーブルやひじ掛け椅子がおしゃれに配列されている。グリーン・バーグ警部はテーブルに置かれている雑誌類に目をやった。『バーチャル・リアリティ』『核兵器と放射性物質によるテロリズム』『ロボットワールド』……。グリーン・バーグ警部は『遺伝子工学ニュース』をとりあげて同僚に言った。

「こういう雑誌って歯医者に行くとかならずそろってるよな。陳腐だと思わないか?」

プラジッツァ警部補はにんまりした。

「そうだよな」

二人の刑事は受付係のところへ行き、身分証明書を出した。

「タナー・キングスレーさんと会う約束ができているのですが」

「タナーさんもお待ちです。いま係の者に案内させます」

受付係はKIGのバッジを二人に渡した。

「帰るとき戻してください」

「分かりました」

受付係がブザーで呼ぶと、すぐに若い美人の職員が現われた。

「お二人をキングスレーさんの事務所に案内してください」

「はい、分かりました。わたしはキングスレーさんのアシスタントをしているレトラ・タイラーです。どうぞわたしについていきてください」

二人の刑事はゴミひとつ落ちていない長い廊下を歩いていった。廊下の両側に連なるドアはどれもきっちり閉じられていた。タナー・キングスレーのオフィスは廊下のいちばん奥にあった。

その部屋の手前にウェイティングルームがあり、その机の向こうに座っているのがタナーの頭の切れる若い秘書、キャシー・オルドニエスである。

「おはようございます。どうぞ中へ」

秘書は立ち上がり、タナーのオフィスのドアを開けた。中に入った二人の刑事は思わず足を止め、部屋の豪華さに目を見張った。

広大なオフィスに美しく配列されたありとあらゆる種類の最新電子機器。防音装置が施されている壁にはベニヤ板ほどに薄いテレビの巨大なスクリーンが世界各地からライブで送られてくる映像を映している。討議中の会議室を映しているものもあれば、オフィスや研究所や、会談が行なわれているホテルのスイートを映しているものもある。各モニターの音量はかろうじて聞こえるほどに抑えられているが、十カ国以上もの言葉が同時に聞こえてくるのはなんとも奇妙である。

おのおののスクリーンの下には発信地の都市の名前が表示されている。ミラノ……ヨハネスブルク……チューリッヒ……マドリード……アテネ……。はるか向こうに見える突き当りの壁には八段構えの本棚があり、そこには革の表紙の化粧本がぎっしり詰まっている。

巨大なマホガニーの机の向こうにタナー・キングスレーが座っていた。机の上にはいろんな色のボタンのついたコンソールが置かれている。タナーはいかにも高価そうな灰色のスーツを着て、明るいブルーのシャツには同系色のチェックのネクタイをしていた。

タナーは立ち上がって二人の刑事を迎えた。

「グッドモーニング、ジェントルメン」

グリーン・バーグ警部は答えた。

「おはようございます。わたしたち二人は——」

「分かってます、グリーン・バーグとプラジッツァ両刑事」

タナーは二人と握手を交わした。

「おかけください」

刑事たちは腰をおろした。プラジッツァ警部補はモニター画面が映しだす世界中の動きにまだ気をとられている様子だった。感心したのか、しきりに首を振っている。

「設備もここまでくると——」

タナーは手を前に出して刑事の言葉を制した。

「お二人は最新技術の話をしに来たんじゃないでしょ？　いずれにしても、この部屋にある技術が市場に出るにはあと三年はかかるでしょう。この装置で世界各地と電話会談が同時にできるんです。世界中のオフィスから集まってきた情報は自動的に分類され、コンピューターに保存されます」

プラジッツァ警部補が尋ねた。

「キングスレーさん、ひとつ単純なことをお尋ねしていいですか？　シンクタンクってどんな仕事をするところなんですか？」

「まあ、ひと言で言えば、われわれは問題の解決人です。将来の問題を予想し、事前にその解決策を案出するわけです。限られた分野だけで活躍するシンクタンクもあります。うちが扱うのは、国防に、コミュニケーションに、ミクロ生物学、環境問題、などです。依頼主は世界各国の政府です。われわれとしてはなるべく政治情勢にはかかわらないようにしています」

「おもしろそうですね」

「うちの研究スタッフの八十五パーセントは修士以上の学位を持ち、六十五パーセントは博士号を持っています」

「なるほど」

「このシンクタンクを創設したのはわたしの兄のアンドリューですが、彼がめざしたのは第三世界の救済です。したがって、われわれはいまでもその初期のプロジェクトにかなりのウエートを置いています」

そのとき突然、モニターのひとつがピカリと光り、雷のような轟音を発した。三人は問題のほうをふり向いた。いままで黙っていたグリーン・バーグ警部がようやく口を開いた。

「確かおたくは気象を変える実験をしているとか。なにかで読んだことがあるんですが」

タナーは顔をゆがめた。

「そうです。〝キングスレーのバカ騒ぎ〟なんて悪口をたたかれましたけどね。あれに手を出したのはＫＩＧ創設以来、最大の失敗です。わたしとしては可能性があると踏んで始めたプロジェクトでしたけど、いまはもう後片づけの最中です」

プラジッツァ警部補が口をはさんだ。

「自然の気候に手を加えることなんてできるんですか？」

タナーは首を横に振った。

「ほんの限られた程度ならね。これまでも大勢の学者がこの研究に手を出しています。古いところでは一九〇〇年にロシアのニコラ・テスラがある種の実験をしています。その結果、大気のイオン化は放射線の影響を受けることを発見しました。一九五八年にはわが国の国防総省が電離層に銅の針を多量に降らせる実験をしました。その十年後にはじまったのがポパイプロジェクトです。ラオスの台風シーズンを長引かせてホー・チミンルートのさらなる泥沼化を図るというものです。そのとき使われたのがヨウ化剤で、雨粒の種として雲のなかに噴射されたんですがね」

「効果はあったんですか？」

「ええ、ありました。しかし、限られた範囲だけでした。気象を変える試みに誰も成功していないのにはちゃんとした理由があります。問題はエルニーニョです。エルニーニョのため太平洋の水温は上がり、それが世界の環境秩序を乱す一方、ラニーニャのほうは太平洋の水温を下げるんです。このふたつの現象が組み合わさって、気象をコントロールしようとするあらゆる試みを困難なものにします。地球の南半分はその面積の八十パーセントが水なのに対し、北半分は六十パーセントが大洋です。このバランスの違いも気象の人工的変更を阻害する用件になっています。くわうるに、ジェット気流が台風の進路を決定づけていますから、気象のコントロールはますます不可能なものになっています」

グリーン・バーグ警部はうなずきながら、ためらいがちに訊いた。

「われわれがここにお邪魔した理由はご存じですね、キングスレーさん？」

タナーはグリーン・バーグ警部をぎょろりと見た。

「なにか質問があるからでしょ。じゃなかったらわたしは怒りますよ。キングスレー・インターナショナル・グループはシンクタンクです。そのシンクタンクの研究員四人が二十四時間という短期間のあいだに謎の死を遂げているんです。われわれはすでに独自の調査を開始しました。われわれは世界の主要都市に千八百人もの研究員を抱えています。その一人一人の生活を監視するわけにはいきません。これまでに判明したのは、死んだ四人のうちの二人はなんらかの違法行為に手を染めていたという事実です。そのために命をなくしたと言ってもいいでしょう。ただ、言えるのは、この件でキングスレー・インターナショナル・グループの信用が深く傷ついたということです。事件は一刻も早く解決したいものですな」

グリーン・バーグ警部は応じた。

「キングスレーさん、それだけではありません。われわれが関心を持つ事件がほかにもあるんです。六年前ですが、アキラ・イソという名の日本人科学者が東京で自殺しています。さらに三年前にはマドレーヌ・スミスという名のスイス人科学者がチューリッヒで自殺――」

タナーが口をはさんだ。

「それは違います。二人とも自殺ではなく、殺害されたのです」

意外な答えがはね返ってきた。二人の刑事は驚いて顔を見合わせた。プラジッツァ警部補が応じた。

「殺害だということがどうして分かるんですか?」

タナーの口元が引き締まった。

「二人ともわたしが原因で殺されたからです」

タナーの声はこわばっていた。

「ということは――?」

「アキラ・イソは優秀な科学者でした。彼は東京ファースト・インダストリアル・グループという名の電子関係の企業に勤めていました。わたしが彼と出会ったのは東京で開かれた国際コンベンションにおいてでした。われわれはうまが合って、彼をＫＩＧに誘ったんですよ。日本の会社より格段の好条件でね。彼は承知しました。実際のところ興奮して喜んでいましたよ」

タナーは、ややもすると震えがちになる自分の声をコントロールした。

「しかし、彼がわが社に移籍する件はその実行段階になるまで内密にしておくことにわれわれは同意したんです。なのに彼はどこかでそれを漏らしてしまったんでしょう。その件が新聞の記事になってしまい……」

タナーは話を止め、しばらく沈黙してから先をつづけた。

「新聞で暴露された翌日、アキラ・イソはホテルの一室で死んでいるのが見つかったんです」

プラジッツァ警部補が発言した。

「キングスレーさん、その日本人の研究者の死について、なにかほかの説明はないんですか?」

タナーは首を横に振った。

「彼が自殺したなんてわたしは信じなかった。だから、わざわざ調査員を雇って日本に派遣したくらいです。しかし、不審な点はないとの報告でした。だから、わたしとしては自分の思い込みだと考えるしかなかった。もしかしたらわたしの知らないところでアキラ・イソの生活にはなにか死につながる悲劇があったのかもしれないしね」

「だったら、彼が殺害されたものとどうしてそんなに固く信じているんですか?」

グリーン・バーグ警部はそこのところが腑に落ちなかった。

「さっき名前が出た、チューリッヒで自殺したというスイスの科学者、マドレーヌ・スミスの件も同じなんです。お二人はご存じないでしょうが、マドレーヌ・スミスもやはりわたし自身の誘いでわが社に移籍することになっていました」

グリーン・バーグ警部は顔をしかめた。

「この二件の死を結びつけるものがほかに何かあるんですか?」

タナーの顔がこわばった。

「彼女が所属していた会社も東京ファースト・インダストリアル・グループのスイス支社だったんですよ」

話の思わぬ展開に刑事たちは黙り込んだ。部屋のなかに沈黙が流れた。プラジッツァ警部補が発言した。

「ちょっと分からないことがあるんですが、会社を辞めると決まったからといって研究員がどうして殺されなければならないんでしょうか?」

「マドレーヌ・スミスは並みの研究員ではありませんでした。アキラ・イソの場合も同様です。二人とも頭の切れるスーパー科学者で、ある研究をもう少しのところで商品化できるまでに完成させていました。これが商品化されたら、世界の資金の流れが変わるほど莫大な利益を生んだにちがいありません。だから、あの二人は、損失を未然に防ぐために殺されたんでしょう」

「スイス警察は彼女の死因について充分に調査したんですか?」

「警察だけではなく、われわれも調査しました。しかし、アキラ・イソの場合同様、反証できるものはなにもありませんでした。もっとも、われわれとしては今回も含めてすべての死についての調査をいぜんとして続行中です。いずれ解決するものと確信しています。KIGは世界のすみずみにまで人脈を持っていますから。もし重要な情報が集まったら、喜んで警察に提供しますよ。警察のほうでもなにかあったら知らせてください」

グリーン・バーグ警部は答えた。

「お互いさまということですな」

タナーの机の上の金ぴかの電話が鳴った。

「ちょっと失礼」

そう言ってタナーは受話器をとりあげた。

「ハロー……イエス……調査の進行には満足している。いまちょうどここに刑事さんが二人来ているんだ。うちの調査にも協力してくれると約束してくれている」

タナーは二人の刑事をちらりと見てから、つづけた。

「そうだ……さらになにかニュースがあったら知らせる」

タナーは受話器を置いた。グリーン・バーグ警部が訊いた。

「キングスレーさん、おたくのシンクタンクではなにか厄介なことを研究しているんですか?」

「六人も殺されるような厄介な研究をしているのかという意味ですかな、グリーン・バーグ警部？　世界中には何百というシンクタンクがあって、うちと同じ研究を扱っているシンクタンクもたくさんあります。うちは原爆をつくっているわけではありません。あなたの質問に対する答えはノーです」

ちょうどそのとき、タナーの兄のアンドリュー・キングスレー博士が書類の束を抱えて部屋に入ってきた。アンドリュー・キングスレー博士の名は二人の刑事も知っていた。しかし、うわさとは違い、博士はなんとなくボーッとしている感じだった。髪の毛は薄く、顔にはしわが寄り、少し猫背で前かがみになって歩く。一方、弟のタナーのほうは、バイタリティにあふれ、いかにも頭が切れそうだ。なのに、兄のアンドリューはちょっと反応が鈍そうで、声は甲高く、話をするのにも億劫そうだった。

「ほら――頼まれたメモ類だよ、タナー。ごめん――遅くなって。早くできなくて」

「気にしなくていいんだよ、アンドリュー」

タナーはひと言そう言っただけで、刑事たちのほうに向き直った。

「兄のアンドリューです、刑事さん」

アンドリューは二人の刑事を見て目をぱちくりさせた。

「アンドリュー、刑事さんたちにノーベル賞の話をしてやりなさいよ」

アンドリューは弟のほうを見てから、おぼつかなげに始めた。

「そうだね、ノーベル賞は……ええと……ノーベル賞は……」

話し終えることなく、アンドリューはくるりと背を向け、部屋から出て行ってしまった。タナーはため息をついた。

「さっきも話したとおり、兄はこのシンクタンクの創設者で、すばらしい頭脳の持ち主でした。ご存じでしょうが、七年前にはノーベル賞ももらいました。不幸なことに、みずから加わった実験が失敗して――あんなふうになってしまって――ただ兄の件は世間に公表していませんので、その点よろしく――」

弟の声には無念さがにじんでいた。グリーン・バーグ警部が言った。

「分かりました。しかし残念ですね。大変な人材でしたのに」

「まったく」

グリーン・バーグ警部は立ち上がり、握手の手を差し伸べた。

「お忙しいでしょうから、ここまでにします。お邪魔しました。また連絡します」

「ご苦労さんでした」

タナーの声は冷ややかだった。

「この犯罪を一刻も早く解決しましょう――お互いのために」

第十六章
王女さま

朝刊各紙の一面はみな同じニュースを伝えていた。ドイツの大洪水は少なくとも百人以上の犠牲者を出し、作物の被害は数百万ドルに及ぶ、と。

タナーは秘書のキャシーを呼んで言った。

「この記事をメモを添えてヴァン・ルーベン上院議員に送りなさい。メモの内容は、地球温暖化によるさらなる災害……でよい」

話は、タナーが大学を卒業したばかりのころにさかのぼる。

タナーは昨夜の女の顔が頭から消えなくて、どうもすっきりしなかった。王女さまの雰囲気があるなどと自分が思ったこともしゃくの種だった。さんざん侮辱されコケにされたことを思いだすたびに腹が煮えくり返った。

〈〝あなたのせりふを直してやらなくちゃね。それがどんなに陳腐か分かってるの？……もうその気分になっているの、ダーリン？……あなたの秘密のノートを開いて、今夜オーケーの女の子を探しましょうよ〟〉

どう考えてもこのまま済ますわけにはいかない。

タナーは〝王女〟にもう一度会うことにした。罰を与えるためである。思いきりやっつけたら、忘れることもできるだろう。

タナーは三日待って電話した。

「王女さま？」

「誰？」

タナーは受話器をたたきつけてやりたかった。

〈〝王女さま〟なんて呼んで、へどが出そうだ〉

タナーは平静を装って言った。

「タナー・キングスレーですよ」

「ああ、あなたなの？　お元気？」

彼女の反応はまるでそっけなかった。

〈やっぱり間違いだったかな〉

タナーは彼女の声を聞いて思った。

〈電話などしなければよかった〉

「もう一度夕食でもしないかと思ったんだけど、きみも忙しそうだからやめようかと――」

「今夜どう？」

意表をつかれてタナーはひるんだ。が、仕返しするなら早いほうがいいはずだ。

「いいね」

四時間後、タナーは王女さま、つまりポーラ・クーパーとテーブルをはさんで向かいあっていた。場所はレキシントン通りにある小さなフランス料理店だった。不思議なことに、タナーの胸はときめいていた。三日ぶりに会う彼女はバイタリティーにあふれ、その表情のなんと生き生きしていること。この三日間、彼女のいやなところばかり思いだし、仕返しすることしか考えていなかった彼だが、いざ会ってみると、その妖しい魅力に惑わされ、彼女のよさだけが目につく始末だった。

「また会えてうれしい、王女さま」

タナーはなかば本音で言っていた。ポーラはにっこりした。

「わたしも会いたかったわ。あなたって、特別なんですもの。すごい人よね」

これは前回会ったとき彼が彼女に言った言葉ではないか。

〈バカにしやがって〉

今夜もまた前回の繰り返しになりそうだった。タナーがほかの女とデートするときは会話は必ず彼がリードする。ところが、王女さまが相手だと、彼女のほうがいつも一歩先に行って、タナーは遅れをとりもどそうとして変なことを言ってしまう。タナーがなにか言うと、それ以上のなにかが彼女からはね返ってくる。ウイットに、皮肉に、ジョーク。相手を無視したり小バカにしたりするすべも含めて、話術は完全に彼女のほうが上だった。タナーがこれまで相手にしてきた女性は美女ばかりで、さしたる困難もなくベッドに誘うことができた。しかし、ポーラを前にしてタナーは生まれてはじめて、いままで相手にしてきた女たちが退屈に見えだした。美女というだけであの女たちにはなにもなかった。ベッドに至るまでが簡単すぎた。チャレンジという面白みがなかった。ところが、ポーラというこの女は……。

「きみのことを話してくれない？」

タナーが言うと、彼女は肩をすぼめた。

「父が金持ちで有力者だったから、わたしはわがままほうだいで育ったわ——メイドも執事もいてね——プールにもウエイターがいたくらいよ。大学はハーバード、家庭教師つき——すべてこんな調子。ところが、ある日突然父が破産して、そのうち死んでしまった。仕方なくわたしは議員の秘書として働きはじめ、今日に至ったというわけ」

「仕事はおもしろい？」

「いいえ。退屈ったらありゃしない。議員とは名ばかり。つまらないおじさんよ」

二人の目が合った。

「だから、目下のわたしは、もっとおもしろい人を探しているの」

次の日タナーはまたもやポーラに電話していた。

「王女さま？」

「電話してくれると思っていたわ」

今日の彼女の声は温かかった。タナーはちょっぴり嬉しかった。

「へえ、本当？」

「本当よ。ところで、今夜の夕食はどこに連れて行ってくれるの？」

タナーは笑った。

「お望みのところどこへでも」

「パリのマキシムがいちばんいいんだけど、妥協して、二人が行けるところのどこかにしましょう」

タナーはまたまた意表をつかれた。だが、なぜかこのときは彼女の言葉に心がなごんだ。

二人は55番通りの《ラ・コート・バスク》で夕食をとった。食事のあいだじゅうタナーは、自分がどうしてこの女に魅せられるのだと、彼女を見ては考えつづけた。決して見かけに参っているわけではない。彼が惑わされるのはその頭脳と個性でだ。彼女には無駄なところがなく、その個性のすべてが知性と自信で輝いている。タナーはこれほど自立した女を見たことがなかった。

二人の会話は弾み、話題は世界中のあらゆることに及んだ。ポーラの知識に欠けるところはなかった。

「将来なににいちばんなりたいんですか、王女さま?」

答える前に彼女はタナーの表情をちらっと観察した。

「わたし、権力が欲しいの。世界を自分の力で動かしてみたい」

タナーはにっこりした。

「だからぼくたちは似たもの同士さ」

「その言葉をいままで何人の女に言ったの、タナー?」

タナーはムカッとなった。

「そういう言い方はやめてくれないか。きみが特別だとぼくが言ったら、それは——」

「それはなんなの?」

タナーは口ごもった。

「きみと話しているとフラストレーションがたまる」

「可哀そうな人。もしそんなにフラストレーションをためているなら、シャワーでも浴びたらどう？」

タナーは本当にむかっ腹を立てた。もううんざりだった。彼は立ち上がった。

「大きなお世話だ。シャワーを浴びたからって――」

「わたしの家でよ」

タナーはいま自分の聞いた言葉が信じられなかった。

「きみの家でだって？」

「そうよ。パークアベニューにわたしの穴ぐらがあるの。そこまでわたしのことを送ってくれない？」

二人はデザートを放っぽって店をあとにした。

彼女の〝穴ぐら〟とは一流のプロの手で内装された超豪華アパートだった。タナーはその贅沢ぶりに見とれ、思わず周囲を見回した。いかにも彼女らしい室内だった。折衷画派の作品群、重々しい大テーブル、大きなシャンデリア、イタリア製のソファ、六脚組みのチッペンデールの椅子。タナーはそこまで確認したところで、彼女に呼ばれた。

「わたしのベッドルームを見てみない？」

ベッドルームの家具はオフホワイトで統一され、ベッドの真上の天井には大きな鏡が張られていた。タナーはおそるおそる周囲を見回しながら言った。

「すごいね。こんなのおれは初めて――」

「シーッ」

ポーラは唇に指を当て、黙るように言ってから、タナーの服を脱がしはじめた。

「話はあとでできるでしょ」

タナーを裸にしてしまうと、彼女は自分の服を脱ぎはじめた。服の上からタナーが見抜いていたとおりだった。裸の彼女は色気でむんむんしていた。彼女の両腕がタナーの体にからみ、腰がぴったりタナーの体に押しつけられた。彼女はその格好でタナーの耳にささやいた。

「前戯はなしよ」

二人はベッドに崩れこんだ。彼が中に入ってくると、ポーラはヒップに力を入れ、固く締めた。すぐにまたゆるめ、また締めるという技をくりかえすと、タナーは興奮の極みに達してうめいた。体位の変化はすべて彼女がリードした。タナーが想像しうる快楽のはるか上を行くエロスの世界だった。タナーは時間を忘れてエクスタシーの世界を漂った。

ずっと経ってから、二人は夜更けまで話しこんだ。それ以来二人は毎晩一緒だった。王女さまは夜ごとに新鮮だった。ユーモアもあり、身の動きもかわいらしくて、やがてタナーの目に彼女は美人と映るようになった。

ある朝、兄のアンドリューがタナーにかまをかけて訊いた。

「おまえ最近よくにこにこしてるけど、いい人ができたな?」

タナーはうなずいた。

「そうなんだ」

「まじめに付き合っているのか?　結婚するつもりの相手か?」

「うん。そのつもりさ」

弟の性格をよく知っているアンドリューは忠告した。

「だったら、相手にも早く言っといたほうがいいぞ」

タナーは兄の腕をつかんで言った。

「機会を見て話すよ」

次の日の夜、タナーとポーラは彼女のアパートにいた。タナーが切りだした。

「王女さま、きみはたしか前にこんなことを言ったね。ほかの女に言ったことがないような言葉をぼくに言ってほしいって」

「ええ、そうよ。そんな言葉、言ってほしいわ、ダーリン」

「じゃ、いま言う。結婚してくれないか?」

一瞬、二人のあいだに沈黙が流れた。が、すぐに彼女は満面に笑みを浮かべてタナーの胸のなかに飛び込んでいった。

「オー、タナー!」

タナーは彼女の目をのぞきこんだ。

「返事はイエスなんだね？」

「そうよ。わたしもあなたと結婚したい。でも――問題がありそうなの」

「なんの問題だい？」

「わたしの野心よ。前にも言ったでしょ。わたしは権力が欲しいって。世界を思いどおりに動かす権力がね。それにはまずお金がなくちゃ。それも半端な額じゃなくて、大資産がないとね。それがわたしの未来。それ以外の未来なんていらない」

タナーは彼女の手をとった。

「心配するな。ぼくはシンクタンクの共同経営者なんだ、王女さま。いつかきみが望むような資産をためてみせるよ」

ポーラは首を横に振った。

「さあ、できるかしら。だって、あなたはお兄さんの指図で動いているんでしょ？　わたし、あなたたち兄弟の関係を知っているもの。あなたのお兄さんには金儲けをして会社を大きくするつもりなんてないわ。あなたのいまのお給料をいくらためたって、わたしの望みには遠く及ばないじゃない」

「きみは勘違いしている」

タナーはちょっと考えてから言った。

「兄に会ってみたらいい」

次の日、三人は一緒に昼食をとった。ポーラは魅力的にふるまい、アンドリューもすぐ彼女が気に入ったようだった。これまで弟が連れてくる女はどれもいまいちだったが、今度のはちょっと違っていた。彼女は個性的で、頭がよさそうで、ウイットがある。兄は肩越しに弟と目を合わせ、うなずいた。その意味するところは〝いい人を選んだな〟であった。

ポーラが言った。

「タナーから聞いたんだけど、キングスレー・グループって世界中の貧しい人たちを助けているんですってね。すばらしいわ」

アンドリューはうなずいた。

「それができているのがうれしい。この事業が軌道に乗るのはむしろこれからだ」

「では、会社を大きくするんですか?」

「そういうわけじゃない。これからもっと大勢の専門家をより多くの国に派遣する体制ができるということさ」

タナーがあわてて口をはさんだ。

「人員の派遣にともなって政府から契約をもらえば、それが積み重なって――」

兄はおだやかな口調で弟を諭した。

「そんなにあわてるなよ。まず最初の目的を完遂することさ。世界の不公正を少しでも正そう」

次の日、タナーは彼女に電話した。

タナーは王女さまの表情をうかがった。彼女の顔になんの変化もなかった。

「ハイ、王女さま。今日は何時に迎えに行こうか？」

返事がすぐに返ってこなかった。

「ごめんなさい、ダーリン。今夜はデートできないわ」

思いもかけず断わられてタナーは面食らった。

「どうかしたのかい？」

「いえ、なんでもないの。ただ、友達が出てきて会いたいって言うから、彼に会ってあげようと思って」

〈彼に！〉

タナーは生まれてはじめて嫉妬心で胸が騒いだ。

「分かった。じゃ、明後日にでも――」

「だめよ、そんなに早く。だったら、こうしない？　来週の月曜日に会うというのは？」

誰だか分からないが、彼女は〝彼〟と週末を過ごすという。タナーは電話を切ったものの、心配とフラストレーションでとても仕事が手につかなかった。

月曜日の夜が来てポーラは謝った。

「週末の件はごめんなさい。わたしに会いに来た人というのが古くからの友達だったの」

タナーの頭のなかにポーラの豪勢なアパートの光景がよぎった。彼女のサラリーであんな贅沢ができるはずはない。

「誰なんだい、その訪ねてきた人って？」

「悪いけど名前は言えないわ。彼って——有名人なのよ。話がもれるのを怖がっているから」

「その男を愛しているのかい？」

彼女はタナーの手をとり、小さな声で言った。

「ねえタナー、わたしが愛しているのはあなただけよ」

「じゃ、その男はきみのことを愛しているのかい？」

ポーラは答えづらそうだった。

「ええ、それはそうね」

タナーは考えこんでしまった。

〈この女をこんな形で失ったらおれは敗北者になってしまう〉

次の日、明け方の四時五十八分に、アンドリュー・キングスレーは鳴りつづける電話のベルで起こされた。

「アンドリュー・キングスレーさんですね?」

「ええ、そうですけど」

「スウェーデンからです。そのままお待ちください」

ちょっとしてから、スウェーデンなまりの声が受話器から伝わってきた。

「おめでとうございます、ミスター・キングスレー。ノーベル賞選考委員会は今年のノーベル物理学賞にあなたを選びました。あなたのナノテクノロジーにおける革新的な発見を評価して……」

〈ノーベル賞だって!〉

受話器を置くや、アンドリューは大急ぎで着替え、まっすぐ研究所に向かった。まもなく出社してきた弟をつかまえ、このビッグニュースを興奮しながら伝えた。タナーは腕を広げて兄の肩を抱いた。

「ノーベル賞だって! すごいな、アンドリュー。たいしたもんだ!」

確かにたいしたものだった。なぜなら、兄のこの受賞でタナーが抱える問題がいっきょに解決しそうだったからだ。

五分もしないうちに、タナーは王女さまと話していた。

「この価値がどんなに大きいか、分かるだろ、ダーリン？　ノーベル賞を受賞したとなったらビジネスはすいすいさ。政府からも大きい契約をとれるだろうし、大会社にも堂々とアプローチできる。これできみに世界をあげることもできそうだ」

「すごいわね、ダーリン」

「じゃ、結婚してくれるかい？」

「わたしもあなたと結婚したい。あなたとよ」

受話器を置いたときのタナーは天にも昇らん気分だった。大急ぎで兄のオフィスに向かった。

「アンドリュー、ぼくは結婚するよ」

「それはいいニュースだね。式はいつ挙げるんだい？」

兄の声には温かみがあった。

「なるべくすぐにするよ。研究者全員を招待するからね」

次の日、タナーがオフィスに出ると、アンドリューが胸に花を差して彼を待っていた。

「どうしたんだい、あらたまって？」

アンドリューはにっこりした。

「おまえの結婚式に備えてさ。幸せを分けてもらうためにね」

「ありがとう、アンドリュー」

タナーが結婚するというニュースはあっという間にシンクタンクじゅうに知れ渡った。もっとも、正式に発表されたわけではなかったので、誰もタナーにはお祝いを言う者はいなかった。だが、その表情と笑みでみんなは彼に祝福を送っていた。

タナーは兄のオフィスを訪れた。

「兄さんのノーベル賞受賞のおかげでこれから契約がとりやすくなる。この際は一気に営利分野に進出して――」

アンドリューは弟を制した。

「規模は大きくしても質は変えない」

タナーは辛抱強く説得に努めた。

「でも、いまがチャンスじゃないか、アンドリュー。シンクタンクを大きくしてロビー活動をさかんにすれば――」

アンドリューは頑として首を振った。

「目的を見失ってはシンクタンクを創設した意味がない」

タナーは兄の頑固さに屈するしかなかった。

「まあ、兄貴のシンクタンクだからね」


タナーはひと晩考え、ひそかに決意を固めた。そして、ポーラに電話した。

「王女さま、ぼくは商用でワシントンに行ってくる。一日か二日、留守にするからよろしく」

ポーラのいたずらっぽい声が返ってきた。

「ブロンドもブルネットも赤毛もだめよ」

「そんな気はないさ。ぼくはきみに首ったけなんだから」

「わたしもあなたに首ったけよ」


次の日の午前、タナー・キングスレーは国防総省を訪れ、陸軍参謀長のアラン・バートン将軍との会談に臨んだ。

「きみの提案は実におもしろい」

バートン将軍が言った。

「実験に誰を参加させるかは、いま話し合っているところなんだ」

「マイクロテクノロジーを使う実験で、わたしの兄がちょうどその分野でノーベル賞を受賞したところです」

「そのことは承知している」

「兄もこの企画に大乗り気で、実験が実験ですから、よかったら志願すると言っています」

「それはありがたい。こんなことをノーベル賞の受賞者にやってもらっていいのかな?」

将軍は横を向き、ドアが閉まっていることを確認してから、話をつづけた。

「これは極秘事項だからね。もしこの実験が成功したら、わが国の武力の重要な部分を占めることになるだろう。分子ナノ技術は人体を原子単位でコントロールできることになる」

タナーはうなずいて言った。

「この実験に危険はありませんよね? 兄にリスクを負わせたくないので」

「その点は心配ない。安全スーツはもちろんのこと、装備はそちらの望むものすべてをそろえる。補助する科学者も二人つける」

「では、進めていいんですね?」

「進めてくれたまえ」

ニューヨークに戻る途中でタナーは考えた。

〈あとは兄をどうやって説得するかだ〉

第十七章

勝利の日

アンドリューは自分のオフィスでノーベル財団から送られてきたカラフルな冊子を広げていた。冊子には招待状もはさんである。

貴殿の到着を心よりお待ちしています。

広大なストックホルム・コンサートホールの写真もあった。賓客たちが拍手を送るなか、受賞者がステージを歩み、スウェーデン王カール十六世グスタフからノーベル賞を授与されている写真だ。

〈ぼくももうすぐここへ行くんだ〉

アンドリューがそう思っているとき、ドアが開き、弟が入ってきた。

「話があるんだ」

アンドリューは冊子を横に置いた。

「なんだい、タナー？」

タナーは息を吸い込んでから言った。

「ちょっと勝手だったんだけど、ぼくの判断で国防総省に約束してきたんだ。軍がやる実験にうちのシンクタンクが協力するって」

「おまえがなにを約束しただって？」

「実験には低温工学の高度な専門知識が必要なんだ。つまり、兄貴の知識がね」

アンドリューは首を横に振った。

「だめだよ。ぼくはそんなことにかかわりたくない。キングスレー・グループの目標はそんなところにないんだから」

「これは金銭のためじゃないんだよ、アンドリュー。アメリカの国防問題なんだ。国防はぼくたち一人一人の義務でもあるんだ。実験に協力することによって兄貴は祖国に恩返しできるんだよ。軍は兄貴の力を必要としているんだ」

それから一時間、タナーは説得しつづけた。そして、ついにアンドリューは折れた。

「分かったよ。でも、横道にそれるのはこれが最後だからな、タナー。分かったな?」

タナーはにっこりした。

「分かった。さすがは兄貴だ。ぼくは本当に誇らしい」


彼はすぐポーラに電話した。だが、留守だったので、ボイスメールにメッセージを残した。

「帰ってきたよ、ダーリン。これから重要な実験が始まるんだ。終わったらまた連絡するからね。アイ　ラブ　ユー」


軍から二人の科学者がアンドリューのもとに派遣されてきた。二人の科学者は自分たちのそれまでの成果をアンドリューに説明した。はじめは乗り気でなかったアンドリューも、ディスカッションを重ねるにつれ、しだいに興奮してきた。もし問題が解決できたら大変なブレークスルーになる。

一時間後、アンドリューが見守るなか、軍のトラックが研究所の門をくぐった。その前後を武装兵を乗せた二台の軍用車が護衛していた。アンドリューは外に出て実験責任者の大佐と握手した。

「全部そろえてきましたよ、ミスター・キングスレー。何なりとご指示のほどを」

「では、ここからはわたしの指示に従ってください」

アンドリューは言った。

「まず持ってきた装備をトラックから降ろしてください。そのあとはわれわれが引き継ぎます」

「イエス、サー」

大佐はくるりと背を向け、背後に立っていた二人の兵士に命令した。

「荷物を降ろせ。ていねいに扱うんだぞ。くれぐれもていねいにな」

兵士たちはトラックに乗り込み、きびきびした動作で荷物を運びだしてきた。荷物は、金属でできた小さくて重そうなキャリングケースだった。

アンドリューの指揮のもと、キャリングケースは二人の助手の手でただちに研究所内に運ばれた。

「そのテーブルの上に置いてくれないか」

アンドリューは助手たちに指示した。

「ていねいにな」

アンドリューは最後まで目を離さなかった。

「よし。それでいい」

助手の一人が軽口をたたいた。

「こんなの、一人でも運べましたけど」

「これがどんなに重いか、きみたちには分からないんだ」

アンドリューが言うと、二人の助手は首をかしげた。

「意味が分かりませんね」

アンドリューは首を横に振った。

「いいんだ。気にしなくて」

アンドリューの助手として軍が選んで派遣してきたのは、ペリー・スタンフォードと、ハーベイ・ウォーカーの二人の科学者だった。二人の学者はすでに実験の際に着用すべき防護服を身につけていた。

「わたしも着替えてくる」

アンドリューは廊下を歩き、閉めきってあるドアを開けた。なかの棚には実験用具がきれいに並べられている。宇宙服のような防護服に、ガスマスクに、ゴーグルに、特殊な靴に、特殊な手袋。アンドリューは棚から必要なものを順々にとりあげ、実験服に着替えていった。実験室の外では弟のタナーが幸運を祈っていた。

アンドリューが実験室に入ると、スタンフォードとウォーカーの両助手が準備を整えて彼の到着を待っていた。三人の科学者は慣れた手つきでドアの目張りを済ませた。緊張と興奮が実験室内を支配した。

「用意はいいかな？」

スタンフォードがうなずいた。

「準備完了」

ウォーカーもうなずいた。

「準備完了」

「マスク着用」

三人はガスマスクを頭からかぶった。

「始めよう」

アンドリューは号令をかけると同時に、金属箱のふたを用心しながら開けた。箱のなかには六個のガラス瓶が保護穴のなかにおさまっていた。

「二人とも気をつけて」

アンドリューは警告した。

「こいつは零下二百二十二度だからな」
アンドリューの声はガスマスクでくぐもっていた。
二人の研究助手が見守るなか、アンドリューは一つめの瓶をとりあげ、ふたを開けた。シュ
ーッと鳴る不気味な音と同時に、瓶の口から霧が噴きだし、それがたちまち氷状の雲と化して
部屋じゅうに充満した。
「よし、っと」
アンドリューは自分に言った。
「最初にまず――最初に――」
言葉を詰まらせたアンドリューは目を大きく見開き、のどに手を当てた。顔は真っ青だった。
アンドリューはしゃべろうとしたが、声が口から出てこなかった。
予期せぬ突然のことに、スタンフォードとウォーカーの両助手は驚くだけで、なにもできな
かった。二人の目の前でアンドリューは床に崩れた。ウォーカーはあわてて瓶のふたを閉め、
もとのケースにおさめた。そのあいだにスタンフォードは換気扇のスイッチを入れた。巨大フ
ァンがまわり、実験室に充満していた超低温ガスはまたたく間に消滅した。
空気がきれいになるのを待って、二人の科学者はアンドリューを実験室の外へ運びだした。
落ちつかなげに廊下を行ったり来たりしていたタナーは、兄の異変を知り、その場に凍りつ
いた。顔はパニックで引きつっていた。タナーはすぐ三人のもとに駆け寄り、ぐったりとして

いる兄を見下ろし、叫んだ。

「なにがあったんだ！」

スタンフォードが息を荒らげながら答えた。

「事故があって――」

「なんの事故だ⁉」

タナーはすでに狂乱状態に陥っていた。

「おれの兄貴になにをしたんだ、おまえたちは？」

騒ぎを聞きつけ、研究所のあちこちから人が集まってきた。

「９１１に電話して救急車を呼べ！　いや、そんなゆとりはない。研究所の車で病院へ運べ！」


二十分後、顔に酸素マスクを当てられ、腕に点滴用の管を挿されたアンドリューが、マンハッタンにあるセント・ヴィンセント病院の救急棟に運び込まれた。移動寝台の上に寝かされているにおおいかぶさるようにして二人の医師が彼を診察した。そのすぐ横でタナーが心配そうに行ったり来たりしていた。

「早く病状を突き止めて治療するんだ！」

彼は医師たちに向かって怒鳴った。

「もたもたしないで、すぐやれ」

医師の一人が言い返した。

「キングスレーさん、付添い人は病室から出ていただきます」

「断わる」

タナーはやり返した。

「その患者はおれの兄貴なんだ」

タナーは兄が意識不明のまま横たわる寝台のところに行き、兄の手をとると、それを握りしめた。

「アンドリュー、目を覚ませ！　兄さんがいてくれなかったら会社はどうなってしまうんだ？」

アンドリューからの答えはなかった。タナーは目にいっぱい涙をためながら、兄の耳元で言った。

「大丈夫だからな。心配しないで。大急ぎで世界一の医者を呼んでやるから。かならずよくなる」

タナーは医師たちのほうを向き直って言った。

「二間つづきの個室を用意してくれ。それから看護婦は二十四時間付きにしてくれ。それからもうひとつ、わたしが兄と一緒に寝られるよう、エキストラベッドを別室に入れてくれ」

医師は付添い人の注文を聞き流した。

「それよりもキングスレーさん、診察が先です。ご希望を言うのは診察が終わってからにしてください」

タナーは荒れた口調のまま言った。

「だったら、おれは廊下で待っている」

アンドリューの体は階下に急送され、MRIやCTスキャンの撮影機にかけられた。さらなる血液検査もなされた。それでは不充分だったので、最新のPET撮影の予定も組まれた。それらが済むと、彼は三人の医師が付きっ切りになるスイートの病室に移された。

そのあいだタナーはずっと廊下の椅子に座って待っていた。ようやくアンドリューの病室から医師が一人出てくると、タナーは跳び上がるように立ち上がった。

「彼は大丈夫なんだね？」

医師はためらいがちに答えた。

「患者をただちにワシントンにあるウォルター・リード陸軍病院に移送することにしました。もっと正確な診察をするためです。しかし、キングスレーさん、はっきり言って、あまり希望は持てません」

「なんだって？」

タナーは声を張りあげた。

「大丈夫に決まっているじゃないか！　実験室の中にいたのはほんの二、三分なんだから」

医師は付添い人をたしなめようとしたが、顔を見ると、その目は涙であふれ、いまにも泣きだしそうだった。

タナーは救急軍用機に乗せられ、意識不明の兄と一緒にワシントンに飛んだ。飛行のあいだじゅう、彼は兄に言いつづけた。

「大丈夫だって医者たちも言っているからね……いい治療法があるはずだから……ちょっとテストが必要なだけなんだから」

タナーは腕を兄の肩に置いて言った。

「早くよくなってスウェーデンに行かないと。ノーベル賞をもらいにね」


それから三日間、タナーは病院に頼んで兄のベッドの横にエキストラベッドを入れてもらい、そこで寝た。

ウォルター・リード病院の待合室にいたとき、主治医の一人がタナーのところにやってきた。

タナーは立ち上がった。

「どうですか、兄の様子は？　いくらか――」

タナーは医師の表情を見て言葉を変えた。

「なんなんですか、いったい？」

「悪い知らせです。ただ、お兄さんがまだ生きているのは幸運と言うべきです。実験のガスがどんな種類だったにせよ、猛毒だったということです」

「世界中から専門医を探して呼んだら――」

「無駄です。お兄さんの脳細胞はすでに毒に侵されてしまっています」

タナーは苦しそうに顔をしかめた。

「でも、なにか治療法があるはず――」

医師は辛辣だった。

「あのですね、キングスレーさん、患者はまだ名前もない毒薬に侵され、その病名のつけようもない状態なんです。治療法って言われても困ります。残念ですが――お兄さんがもとの人格を取り戻すのは無理でしょう」

タナーはその場に凍りついた。両手のこぶしを握りしめ、顔は真っ青だった。

「お兄さんはいま目を覚ましているので、面会してきていいですよ。ただし、二、三分だけにしてください」

タナーが病室に足を踏み入れると、アンドリューは目を開けていた。タナーを目にしても、その表情になんの変化も現われなかった。

電話が鳴ったので、タナーが受話器をとると、かけてきたのは実験責任者のバートン将軍だった。

「こんなことになって申し訳ない――」

「いまさらなにを言うんだ！　兄は絶対安全だって、あんたが保証していたじゃないか」

「なぜこんなことになったか、わたしにも分からないんだ。しかし、今後のことは――」

タナーは受話器をたたきつけた。そのとき、兄の声が聞こえたので、うしろをふり向いた。

「ここは――ここはどこなんだ？」

アンドリューが独り言のようにつぶやいた。

「ワシントンのウォルター・リード陸軍病院だよ」

「ぼくはなぜここに？　だれが病気なんだ？」

「病気なのは兄さんなんだよ」

「なにがあったんだ？」

「実験中に事故があったんだ」

「思いだせない」

「いいんだよ、心配しなくて。兄さんの世話はこれからぼくがずっと責任を持ってするから」

タナーが見ていると、アンドリューは目を閉じた。タナーは兄の寝姿をもう一度見てから、病室をあとにした。

病院に花が届いた。ポーラからだった。タナーが彼女に電話しようとすると、タナーに同行していた秘書がそれを止めた。

「あの方から電話があって、どこかに出かけるそうです。帰りしだいこちらに電話するそうです」

一週間後、タナーは兄を連れてニューヨークに戻った。アンドリューが事故に遭ったことはシンクタンクじゅうに知れ渡っていた。アンドリュー・キングスレー博士の頭脳なしでこのシンクタンクは立ち行くのだろうか？　事故のニュースが世間に知れ渡ると、キングスレー・グループの評価は急降下した。

〈かまわない〉

タナーは自分に言い聞かせた。

〈おれがここを世界一のシンクタンクにしてみせる。数年後にはあの王女さまがなにを欲しがっても――〉

タナーの秘書が連絡してきた。

「リムジンの運転手さんがキングスレーさんにお会いしたいと言ってきていますが」

タナーは首をかしげた。

「通しなさい」

制服を着た運転手が封筒を持ってやってきた。

「タナー・キングスレーさんですね？」

「そうだけど」

「これを直接渡すように頼まれました」

運転手は封筒をタナーに渡して去っていった。タナーは封筒の表に書かれていた字を見てにんまりした。王女さまの筆跡だ。また何かいたずらをして彼を驚かすつもりなのだろう。タナーは気分も軽く封筒を開けた。文面はこうだった。


わたしたち、どうしてもうまく行きません。わたしは、あなたがくれる物では満足できないの。だから、それができる人と結婚します。あなたを愛しているし、その気持ちはこれからも変わらない。こんなことになるなんて、あなたは信じられないかもしれないけど、わたしがこう決めたのも、二人のためですから。

タナーの顔から血の気が引いていった。手紙をしばらく見つめていた彼だが、やがてそれをゴミ箱に投げ捨てた。タナーの敗北だった。彼女への連絡があと一日早かったら勝利になったはずの敗北だった。

第十八章
タナーの恋

次の日、タナーが机に向かって考え込んでいたとき、秘書から連絡があった。

「キングスレーさん、委員の方々がお見えになっていますけど」

「委員だって?」

「ええ、そうおっしゃっています」

「通したまえ」

ＫＩＧシンクタンク各部署の責任者たちがタナーのオフィスに入ってきた。

「実はお話があるのですが、キングスレーさん」

「かけたまえ」

部長たちは椅子に腰をおろした。

「なんだね、話って?」

責任者の一人が切りだした。

「実を言いまして、わたしどもたいへん心配なんです。お兄さまがあんな事故にあわれたあと……これからKIGは生き残れるのかと」

タナーは首を横に振った。

「それはわたしだって分からない。いまはまだショックでなにも考えられないからな。まったく予想もしていなかったことが起きてしまったんだ」

タナーはちょっと考えてからつづけた。

「では、こういうことにしよう。これからどうなるかはわたしにも予見できない。しかし、わたしとしては、会社を存続させるために全力を尽くす。それは約束する。それから、もうひとつ、会社の状況をいつもきみたちに知らせる」

各部署の責任者たちは納得して帰っていった。タナーはそのうしろ姿を見送った。

兄が退院する日に合わせて、タナーは会社の敷地内に専用住居をつくっておいた。ここなら時間をかけずに兄の面倒を見ることができる。同様に、兄のオフィスを自分のオフィスのとなりに移した。退院してきたアンドリューを見て研究者たちは一様に驚いた。あの知性で輝いていた科学者がまるでゾンビに生まれ変わっていたからだ。

ＫＩＧに戻ってからのアンドリューは、半分眠った状態で日がな一日窓の外を見て過ごすありさまだった。ただ、自分になにが起きたのか、シンクタンクがどうなっているのか、まるで関心がなく、いまの自分の状態に満足しきっている様子だった。そんな兄を全身全霊で看護するタナーの姿に研究者たちはみな心を打たれていた。

ＫＩＧ内の雰囲気は一夜にしてがらりと変わってしまった。アンドリューが運営していたころは和気あいあいとした雰囲気だったのに、いまは堅苦しく、ＫＩＧの選択はフィロソフィーよりも利益の大きさで決められるようになった。クライアントから契約をとるためにエージェントが雇われた。それらが功を奏して利益は右肩上がりで上昇していった。

タナーが王女に三行半を突きつけられたといううわさはたちまちＫＩＧ内に広まった。第三者である研究者たちでさえ、二人の結婚に備えてあれこれ用意していたのだから、ふられた当人のタナーにとってどれだけ打撃だったかは推して計れた。ふられたあとのタナーがどう出るか、みながうわさし合うのは致し方のないことだった。

タナーが王女からの手紙を受けとってから二日後の新聞各紙は、タナーの未来の花嫁が億万長者でメディア王のエドモンド・バークレーと結婚したことを告げていた。

しかし、タナー本人はあまり衝撃を受けているようには見えなかった。ただ、それ以来違ったことは、彼がより寡黙になったことと、より仕事に熱中するようになったことだ。毎朝、誰よりも二時間早く会社に出てきて秘密のプロジェクトに取り組む彼の姿があった。


ある夕べ、タナーは、知能指数の高い人たちでつくっているクラブ〝メンサ〟に招待された。KIGの研究員のほとんどがそのクラブのメンバーであることから、彼も招待を受け入れた。

次の日KIG本部に現われたタナーは、見たこともないような美女を従えていた。ヒスパニック系らしく、オリーブ色の皮膚に、黒い目をして、体の線がなんとも言えず色っぽかった。

タナーはその美女をスタッフに紹介した。

「こちらはセバスチアナ・コルテスさん。たいへん優秀な女性で、昨夜メンサで講演した方です」

タナーは急に明るくなったように見えた。身のこなしも軽快だった。美女と一緒に自室に入ったタナーは、それから一時間以上外に出てこなかった。出てきたあと、二人はタナー専用のダイニングルームで昼食をとった。

　研究所の誰かがさっそくインターネットでセバスチアナ・コルテスの名を検索してみた。彼女は元ミス・アルゼンチンで、住居はシンシナティにあり、結婚していて、相手は有名な財界人とのことだった。

　昼食をとったあと、タナーは彼女と一緒に自分のオフィスに入った。それからのことは研究所じゅうの秘密事になった。なぜなら、タナーがインターコムを切り忘れたらしく、二人の囁きや喘ぎが外に丸聞こえだったからだ。

　ほかの部署からも秘書たちが集まり、みんなで顔を見合わせながらインターコムに耳を傾けていた。

「心配しなくていいよ。うまくやるからさ」

「でも気をつけてね。夫は嫉妬深い人なの」

「そんなの問題じゃないよ。仕事にかこつけて会えるようにするから」

　二人が何をしているか推測するのに高い知能指数は必要なかった。秘書たちは噴きだしそうになるのを抑えるのがやっとだった。

「もう帰るのかい？　残念だな」

「わたしも残念よ。でも仕方ないでしょ。わたしは人妻なんだから」

セバスチアナがオフィスを出るときタナーと交わした別れのあいさつの、なんとお上品で白々しかったこと。なにも知らないのは当人たちだけというのがまたスタッフたちの笑い種になった。

次の日タナーは、専用番号を記憶させた金ぴかの電話機を自分の机のなかに設置させ、ベルが鳴っても誰も出ないよう秘書やアシスタントたちに命じた。

以来、タナーの部屋に足を踏み入れた者は、いつも金ぴかの電話にしがみついているタナーを見ることになる。さらに、月末になるとタナーは、いままでとったことのないような休暇をとり、いつもさっぱりした顔で戻ってくる。どこへ行ってきたかタナーが明かしたことはないし、また、それを知るスタッフもいなかった。二人いるタナーの助手の一人が別の一人にこんなことを言った。

「あの二人、ゴールインすると思う?」

愛の生活がはじまると同時に、タナーの性格も明るくなり、社内のみんなもそのことでほっとしていた。

第十九章

身に覚えのない火葬依頼

あのときの言葉がダイアン・スティーブンスの耳にこだましていた。

〈〝葬祭社のロン・ジョーンズです。手紙で葬儀の変更のご指示をいただきましたが、ご希望どおりご主人の遺体は火葬に付しました。一時間前に済みましたので、その件をお知らせします〟〉

葬儀屋がなんという過ちを犯すのだろう！　悲しみに沈むあまり、自分がそんな指示をしてしまったのだろうか。リチャードを火葬にするなんて！　いや、絶対にありえない！　彼女には助手や秘書もいないのだから、誰か別の者が指示をすることもありえない。どう考えても変だ。葬儀屋の誰かがリチャードと似た名前の誰かと混同したのではないか。

葬儀屋からリチャードの遺骨の入った骨壺が届けられた。ダイアンは突っ立ったままその骨壺を見つめた。本当にリチャードがこのなかに入っているのだろうか?……あの笑いもこのなかに……わたしを抱きしめてくれたあの力強い腕も……あの温かい唇も……明るくて快活だったあの性格……「愛している」と何度も言ってくれたあの声……彼の夢や情熱やその他幾千もの彼という人間をつくっていたものがこの小さな壺のなかにあるのだろうか?

そのとき電話のベルが鳴り、ダイアンはハッとわれに返った。

「スティーブンス夫人ですか?」

「ええ、そうですけど」

「こちらは、タナー・キングスレーのオフィスです。奥さまにこちらにお越しいただけないかとタナーさんは申しているのですが。ぜひお会いしたいそうです」

ＫＩＧからそのような電話があったのは二日前のことだった。ダイアンはいま、ＫＩＧの玄関に入り、受付に向かって歩いているところだ。受付の女性がダイアンに向かって声をかけてきた。

「いらっしゃいませ。ご用件は？」

「わたしはダイアン・スティーブンスです。タナー・キングスレーさんにお会いする約束なんですが」

「ああ、スティーブンス夫人ですね？　スティーブンスさんの件はたいへんお気の毒でした。わたしどももみなが悲しんでいます。無残でしたね」

ダイアンは生つばを飲み込んだ。

「ええ、まあ、そのとおりです」


タナーは助手のレトラ・タイラーに命じていた。

「これから約束が二件つづけてあるんだ。会話を全部スキャンしておいてくれ」

「はい、かしこまりました」

助手が出て行くのを見送るとすぐ、秘書から連絡があった。

「スティーブンス夫人がこちらに見えていますが、キングスレーさん」

タナーが机の上のボタンを押すと、ダイアン・スティーブンスの姿がモニター画面に現われた。髪の毛はブロンド、うしろで結ばれている。白地に紺のプリント模様のスカートをはき、白いブラウスを着ている。顔色は悪い。

「中に通しなさい」

ダイアンが入ってきたのを見てタナーが立ち上がった。

「お越しいただきありがとうございます、スティーブンス夫人」

ダイアンはうなずいた。

「おはようございます」

「どうぞ、おかけください」

ダイアンはタナーの机の前の椅子に座った。タナーはさっそく切りだした。

「申すまでもなく、ご主人が殺害されたことにわれわれ全員がショックを受けています。犯人が誰にしろ、遅かれ早かれ正義の裁きが行なわれることだけは確信していいと思います」

〈遺骨が……〉

「もしお許しいただけるなら、二、三質問したいことがあるのですが」

「はあ、どんなことでしょう?」

「仕事のことでご主人と奥さまが話し合われることはありましたか?」

ダイアンは首を横に振った。

「なかったと思います。お互い別の世界に住んでいましたから。彼のほうはとても専門的で……」

このとき、廊下の奥の調査室では、助手のレトラ・タイラーが発声認識機のスイッチを入れ、ダイアン・スティーブンスの声の質を分析中だった。同時に、タナーとの会話のすべてを録音していた。

「この話をするのは奥さまにとって苦しいのは重々承知の上ですが」

タナーは言った。

「ご主人がドラッグとかかわっていたことを奥さまはどの程度ご存じでしたか？」

突拍子もない話に驚くあまり、ダイアンは声も出せずにタナーを見つめた。それでも、なんとか答えることはできた。

「それはなんの質問ですか？　リチャードはドラッグとかかわるような人では決してありませんでしたけど」

「スティーブンス夫人。警察は見つけたんです。ご主人のポケットのなかにマフィアの脅迫状があったのを。そして――」

リチャードがドラッグにかかわっていたなんて、晴天の霹靂だった。はたして彼には彼女の知らない裏の人生があったのだろうか。

〈そんなこと、ありえない！　ありえない！　ありえない！〉

ダイアンは急に胸がどきどきしてきた。顔が赤く染まるのが分かった。

〈あの人はわたしの身代わりになって殺されたんだわ〉

「キングスレーさん、リチャードは決してそんなことに――」

タナーは同情しつつも、その口調はきっぱりしていた。

「こんなことにあなたを追い詰めて申しわけないのですが、わたしとしては、ご主人の死の真相を突き止める必要があるので」

〈わたしこそがその真相だわ〉

ダイアンは情けなかった。

〈あなたが探し求めているのはわたしです。わたしがアルチェリの裁判に証言したりするから、リチャードが殺されたんです〉

ダイアンは呼吸困難になりはじめた。彼女の様子を見ていたタナーが言った。

「話はそれだけです、スティーブンス夫人。不愉快な気持ちになられているのは承知しています。また別の機会に話を聞かせてください。そのときはあなたもなにか思いだすでしょうから。もしなにか役に立ちそうなことを思いだされたら、わたしに一報いただけたらありがたいのですが」

タナーは手を伸ばし、引き出しから高価そうな名刺をとりだした。

「ここにわたしの電話番号が書いてありますから、昼間でも夜でも電話してください」

ダイアンは名刺を受けとった。そこに印刷されていたのはタナーの名前と電話番号だけだった。ダイアンは立ち上がったものの、足がガタガタ震えて歩けそうになかった。タナーが握手の手を差し伸べながら言った。

「奥さまをこんなことに巻き込んで申しわけありません。ところで、なにかわたしにできることがあったら遠慮なく言ってください。どんなことでも協力いたします」

ダイアンはなかなか言葉が返せなかった。

「ありがとうございます——ありがとうございます」

そう言うのがやっとだった。彼女は頭のなかが真っ白なまま、タナーのオフィスをあとにした。

ダイアンが受付の机に近づいたところで、受付係が誰かにしゃべっている声が聞こえた。

「もしわたしが迷信深かったら、誰かがＫＩＧに呪いをかけたって思い込むところです。今度はおたくのご主人ですものね、ハリス夫人。ご主人の身に起きたことにわたしたち全員がショックを受けています。あんな死に方をされるなんて恐ろしいことです」

ダイアンはドキッとした。受付係の言葉は自分の場合にも当てはまってとても気味悪かった。

受付を訪ねている女性の夫になにがあったのだろう？　受付係が話している相手が誰なのか知りたくて、ダイアンは首を伸ばして見てみた。アフリカ系の目の覚めるような美女だった。黒いスラックスにタートルネック姿の美女の薬指には大きなエメラルドとダイヤモンドの指輪が光っていた。ダイアンは、この人とこのまますれ違ってはいけない、と直感的に思った。彼女は若い美女のところに行こうとした。と、ちょうどそのとき、タナーの秘書が現われ、美女に向かって言った。

「キングスレーさんがお会いするそうです。どうぞ中へ入ってください」

ケリー・ハリスがタナーの部屋に消えていくのをダイアンはそこに立ったまま見つめた。


タナーは立ち上がってケリーを迎えた。

「お越しいただいてありがとう、ハリス夫人。空の旅はいかがでした？」

「ええ、おかげさまで、なんとか」

「なにかお飲みになりますか？　コーヒーでも——？」

ケリーは首を横に振った。

「奥さまがどんなに苦しまれているか重々承知しているのですが、わたしとしては二、三お尋ねしておかなければならないことがあるんです、ハリス夫人」


調査室では、助手のレトラ・タイラーがスクリーン上のケリーの動きに合わせながら一心に機械を操作していた。

「ご主人との仲は緊密でしたか？」

タナーが尋ねると、ケリーはうなずいた。

「ええ、とても」

「ご主人はあなたに誠実でしたか？」

妙な質問だった。ケリーは怪訝な目でタナーを見つめた。

「わたしたち夫婦のあいだに秘密はいっさいありませんでした。マークみたいに正直で開けっぴろげな人間をわたしは知りません。彼はいつも――」

ケリーは言葉がつづけられなくなっていた。

「ご主人の仕事のことで話し合われたことはありますか？」

「いいえ、ありません。マークの仕事はわたしには複雑すぎますから、話題にしないようにしているんです」

「あなたがたご夫妻にはロシア人の友達が大勢いたんですか？」

またまた変な質問だった。ケリーはわけが分からないといった顔で相手を見た。

「キングスレーさん、いったいなんの質問なんですか、これは？」

「ご主人はあなたに打ち明けませんでした？　近々大きな取引があって莫大な金額が手に入ることを？」

ケリーは急に腹が立ってきた。

「いいえ。もしそんなことがあったら、マークはちゃんとわたしに話してくれるはずです」

「オルガのことをマークから聞いたことはありますか？」

ケリーは変な予感がして急に落ち着かなくなった。

「キングスレーさん、いったいなにがおっしゃりたいんですか？」

「パリの警察がご主人のポケットからメモを見つけたんです。それには多額の報酬が約束されていて、末尾には〝愛をこめて、オルガ〟と署名してありました」

ケリーは仰天して椅子に深く座り込んだ。

「わたし――知りません。なんのことか見当もつきません」

「でも、ご主人はどんなことでもあなたと話し合われたんでしょ？」

「ええ、そうですけど。そんなことは一度も――」

「われわれの知りえた情報では、ご主人は明らかにほかの女性と関係を持ち、それだけでなく――」

「うそです！」

そう言うなり、ケリーは床をけって立ち上がった。

「それはわたしの主人のマークではありません。何度も言ったように、わたしたちのあいだには隠し事なんてないんです」

「ただし、ご主人を死に導いたこの件だけは例外だったのではないでしょうか」

ケリーはめまいがして倒れそうだった。

「わたしは――これで失礼します、キングスレーさん。気分が悪くて――」

タナーはすぐさま態度を変え、謝罪口調になった。

「お気持ちは分かります。ですから、わたしにできることがあったら、どんなことでも協力してさしあげたいんです」

タナーはエンボス加工した名刺を彼女に差しだした。

「この番号に電話してくれたら、いつでもわたしが出ますから」

ケリーは言葉が出なくてただうなずき、なにも見ないようにしながらタナーのオフィスをあとにした。


KIGのビルを出るときのケリーは頭の中がぐちゃぐちゃに混乱していた。

〈オルガって誰なのかしら？　どうしてマークはロシア人なんかとかかわりを持っていたのだろう？　どうして彼は——？〉

「失礼します、ハリス夫人」

うしろから声をかけられて、ケリーはふり向いた。

「はい？」

ブロンドのこぎれいな女性がビルを背にして立っていた。

「わたしはダイアン・スティーブンスと申します。ぜひあなたと話がしたいんです。道を渡ったところにコーヒーショップがありますから、そこで――」

「ごめんなさい。わたし、いまそんな気分では――」

ケリーは歩きだした。

「あなたのご主人のことなんです」

ケリーはぱたっと足を止め、女性のほうをふり向いた。

「マークのことで？　マークがどうしたって言うんですか？」

「ほかの人に聞かれないところでお話ししたいんです」


タナーのオフィスでは秘書の声がインターコムから流れていた。

「ジョン・ハイホルトさんがお見えになっていますが」

「中に通してくれ」

ジョン・ハイホルトはＫＩＧ最大の出資者であり現役の役員である。タナーは出資者を迎えた。

「グッドアフタヌーン、ジョン」

「グッドって言えるかね。たいへんな一日じゃないか、タナー。うちの研究員がみんな殺されちゃうみたいな感じだ。いったいどうなっているんだ？」

「それをいま究明しているところじゃないか。研究員三人の突然死は偶然だとは思えない。誰かがうちのシンクタンクの評判を落とそうとしてやっていることだろう。しかし、いずれとっ捕まえてやるさ。警察は協力してくれると言っているし、わたしは人を雇って、殺された研究員の行動を調査させている。いまちょっと前に二人の人物にインタビューしたんだが、そのときの話をあんたにも聞いてもらいたい。リチャード・スティーブンス研究員とマーク・ハリス研究員の未亡人たちだ。いいかな、かけるぞ」

「どうぞ」

「まずダイアン・スティーブンスの分だ」

そう言ってタナーがボタンを押すと、ダイアン・スティーブンスとのインタビューの画像がスクリーン上に現われた。画像の右端にはグラフが現われ、彼女の声に合わせて上下左右に変化している。

〝ご主人がドラッグとかかわっていたことを奥さまはどの程度ご存じでしたか?〟

〝それはなんの質問ですか?　リチャードはドラッグとかかわるような人では決してありませんでしたけど〟

グラフはあまり動かなかった。タナーは早送りボタンを押した。

「これはエッフェル塔から突き落とされたか、自分から飛び降りた研究員の未亡人、ハリス夫人だ」

ケリーのインタビューを受けている様子が画面に現われた。

〝オルガのことをマークから聞いたことはありますか?〟

〝キングスレーさん、いったいなにがおっしゃりたいんですか?〟

〝パリの警察がご主人のポケットからメモを見つけたんです。それには多額の報酬が約束されていて、末尾には〈愛をこめて、オルガ〉と署名してありました〟

〝わたし――知りません。なんのことか見当もつきません〟

〝でも、ご主人はどんなことでもあなたと話し合われたんでしょ?〟

〝ええ、そうですけど。そんなことは一度も――〟

〝われわれの知りえた情報では、ご主人は明らかにほかの女性と関係を持ち、それだけでなく――〟

〝うそです!〟

声の分析グラフにあまり動きはなかった。ケリーの画像が消えた。

「あの画像にあったグラフは何なんだね?」

ハイホルトが尋ねた。

「声の分析画像さ。人間の声の質を徹底的に分析して、それを記憶する新しい装置だ。うちの研究員が開発したもので、これだけ完全なものはここにしかない。もし被験者がうそをついていると、抑揚の変化がグラフになって現われる。いままでのうそ発見器みたいに、被験者にコードをつなぐようなことはしなくていいんだ。あの夫人たちは二人ともうそはついていないようだ。保護してやろう」

ハイホルトは顔をしかめた。

「保護してやるって、どういうことだい？　なにから保護するんだい？」

「二人とも狙われる可能性がある。彼女たちは自分でそうと気づかずに重要な情報を持っているのかもしれない。殺された二人にいちばん近かった人間だからな。いまは表に出なくても、彼女たちの脳の奥にしまわれていることがいつ口からこぼれないとも限らない。彼女たちの夫を殺した者たちは、口をふさぐために彼女たちを狙うということもありうるだろう。そういう危険からあの二人の夫人を守ってやりたいんだ」

「だとすると、あの二人の夫人をいつも尾行していなければならないね」

「尾行なんていうのは古いやつがやることさ。いまのわれわれには電子装置がある。すでにスティーブンス研究員のアパートには調査のための器具を据えつけさせてある。カメラや盗聴装置などだ。われわれとしては最新装置を使って彼女たちを保護する。誰かがあの家に侵入した瞬間に、われわれがそれを知り、駆けつけることができる」

ジョン・ハイホルトはちょっと考えてから言った。

「では、もう一人のケリーとかいう夫人のほうはどうするんだい？」

「彼女はホテルにいるから、装置がつけられない。そのかわり、ロビーに人を見張らせてある。なにかトラブルがありそうなときは彼らが対処するはずだ」

タナーはちょっと口ごもってから、さらに言った。

「賞金を出そうと思うんだ。犯人逮捕に結びつく情報を寄せてくれた人にＫＩＧから五百万ドルほどね」

「ちょっと待ってくれ」

ジョン・ハイホルトは反対した。

「そんな必要はないだろう。事件が暗礁に乗り上げたわけじゃないんだから」

「まあ、ＫＩＧが出さないなら、それはそれでかまわない。わたしが個人的にポケットマネーから五百万ドル出そう。どうせわたしの名前も会社の名前も同一なんだから」

タナーは声をこわばらせて、ひと言つけ加えた。

「この背後にいるやつを何がなんでもひっ捕らえてやりたいんだ」

BOOK TWO

女二人道中

第二十章

発端

ＫＩＧ本部前の道をはさんだ向かい側のコーヒーショップ。奥のブース席に座ったダイアン・スティーブンスとケリー・ハリスの二人。ケリーはダイアンが話しだすのを待っていた。

ダイアンはどう話したらいいかと思案した。

〈あなたのご主人の身の上に起きた恐ろしいことって、なんなんですか、ハリス夫人？　わたしの夫のように、やはり殺害されたのでしょうか？〉

相手がなかなか話しはじめないのにいらいらして、ケリーは自分から口を開いた。

「なんですの？　わたしの夫についてなにか話したいとか？　マークとはどんなご関係？」

「おたくのご主人と知り合いではないのですが――」

ケリーはむかっ腹が立った。

「さっきあなたは知っているようなことを――」

「わたしはあなたとお話がしたいって言ったんです」

ケリーはいきなり立ち上がった。

「そんな暇はありません」

出口に向かって歩きだしたケリーをダイアンが止めた。

「ちょっと待ってください！　わたしたち、同じ問題を抱えているらしいんです。お互いに助け合えるかもしれません」

ケリーは足を止めた。

「なんの話ですか、それ？」

「まあ座ってください」

ケリーはしぶしぶブースに戻り、席に座った。

「なんなの？　早く言って」

「わたし、あなたにお尋ねしたいことがあるの。もし――」

そのとき、ウエイターがテーブルにやってきた。

「なにをご希望ですか?」

〈ここから早く出ることよ〉

ケリーはそう思いながら言った。

「わたしはなにもいらないわ」

ダイアンがとりなすように言った。

「じゃ、コーヒーをふたつ、いただこうかしら」

ケリーはツンとすました。

「わたしのは紅茶にして」

「はい、かしこまりました」

ウエイターは戻っていった。ダイアンがさっき言いかけたことのつづきを話しはじめた。

「あなたとわたしが協力して――」

ダイアンが言いかけたとき、またまた邪魔者が入った。ティーンエイジャーの女の子が紙を持ってケリーのところにやってきたのだ。

「サインしていただけますか?」

ケリーは女の子を見てつっけんどんに言った。

「あなたはわたしが誰だか知っているの?」

「いいえ、知りません。でも、あなたは有名人だってお母さんが言っていたから」

ケリーはそっけなく答えた。

「わたしは有名人なんかじゃないわ」

「なあんだ！　人違いか！」

少女は二人の前から去って行った。ダイアンは怪訝な顔でケリーを見つめた。

「もしかして、あなたは有名人なんですか？」

「いいえ」

ケリーは早くけりをつけたかった。

「だけどわたしは、知らない人にちょっかいを出されるのがいやなの。今回の件はいったい何なんですか、スティーブンスさん？」

「ダイアンって呼んでください。さっき小耳にはさんだんですけど、おたくのご主人になにか恐ろしいことが起きたとか――？」

「ええ。殺されたんです」

〈もしかしてこの人がオルガなのかしら？〉

「実は、わたしの主人も殺されたんです。そして、おたくのご主人と同じようにＫＩＧで働いていました」

ケリーはいらいらを募らせた。

「ああ、そうなんですか。ＫＩＧで働いている人は何千人といますよ。その中の二人が風邪を引いたからって、風邪が大流行だって言えます?」

相手にかまわず、ダイアンは身を乗りだして言った。

「これは重大なことなんです。よく考えてみてください。まず第一に――」

ケリーは目の前の蚊を払うように手を振った。

「悪いけど、おたくの話を聞く気になれないわ」

ケリーは自分のバッグをとりあげた。

「わたしも話す気になんかなれないんです」

ダイアンは確固とした口調で言った。

「でも、これはとても重大なことで――」

ダイアンの声が突然コーヒーショップじゅうに響いた。


〝部屋のなかに男性が四人いました……〟

ダイアンとケリーはびっくりして音源のほうに顔を向けた。ダイアンの声の発生源はカウンターの上のテレビだった。テレビ画面は法廷内を映し、証人席に座るダイアンに焦点を合わせていた。

〝二人は椅子に縛りつけられていました。その男性に向かってアルチェリ氏がなにか質問していました。ほかの二人はアルチェリ氏の横に立っていました。アルチェリさんは拳銃をとりだし、なにごとか叫びながら、その男の後頭部を撃ちました……〟

ニュースキャスターが画面に現われた。

「マフィアの首領、トニー・アルチェリ容疑者の裁判におけるダイアン・スティーブンスの証言でした。しかし、陪審団はたったいま無罪の評決を持ち帰ったところです……」

ダイアンはブース席に座ったまま凍りついた。

「無罪ですって⁉」

キャスターの解説がつづいていた。

「事件が起きたのは二年前で、トニー・アルチェリは殺人容疑で起訴されていました。ダイアン・スティーブンスの証言にもかかわらず、陪審団は弁護団が立てた証人の意見を採用して……」

ケリーもテレビから目が離せなくなった。画面のなかで別の証人が証人席についた。アルチェリの弁護人であるルービンシュタイン弁護士が証人に尋ねた。

〝ラッセル先生、あなたはニューヨークで開業しているんですね？〟

〝いいえ。わたしのクリニックはボストンですけど〟

〝問題の日、あなたはアルチェリ氏の心臓を治療しましたね？〟

〝ええ。午前九時ごろね。その日は一日じゅう彼をクリニックに置いて様子を見ていました〟

〝すると、十月十四日にアルチェリ氏がニューヨークにいたということはありえないことですね？〟

〝ありえないことです〟


別の証人が現われた。


〝あなたの職業をおっしゃっていただけますか？〟

〝わたしはボストン・パーク・ホテルの支配人をしています〟

〝去年の十月十四日、あなたは勤務に就いていましたか？〟

〝ええ、就いていました〟

〝その日、なにか変わったことは起きましたか？〟

〝ええ。ペントハウススイートから緊急電話がわたしにありまして、医師をすぐよこしてくれとのことでした〟

〝そのあとなにがありました？〟

〝わたしはラッセル先生に電話して、すぐホテルのほうに来てもらいました。それから、先生と二人でペントハウスへ行き、滞在客のトニー・アルチェリ氏の容体をうかがいました〟

〝そのときのアルチェリの様子はどうだったんですか?〟

〝アルチェリ氏は床に横たわっていました。わたしどものホテルで死なれるのではと、それがとても心配でした〟


ダイアンは顔から血の気が引くのが分かった。

「あの人たち、うそをついている」

彼女は声もかれていた。

「二人ともよ」

画面のなかでトニー・アルチェリがインタビューを受けていた。アルチェリは弱々しく、いかにも病人だった。

「これからどうなさいますか、アルチェリさん?」

「まあ正義の判決を受けたわけですから、しばらくゆっくりしますよ」

アルチェリは顔にかすかな笑みを浮かべ、ひと言つけ加えた。

「古い借りを返しますかな」

ケリーはショックの表情でダイアンをふり返った。

「あなたはあいつに不利な証言をしたの?」

「ええ、したわ。彼が人を殺すのを見ましたから――」

ケリーは手をぶるぶる震わせていた。持っていた紅茶がこぼれるほどだった。

「わたし、やっぱり失礼するわ」

「なぜそんなにナーバスになるんですか?」

「わたしがなぜナーバスになっているか、だって? あなた、マフィアの親分を刑務所に送ろうとしたんでしょ? その親分がいま、自由の身になって、古い借りを返すって言っているじゃないの。それでもあなた、分からないの? ナーバスにならなきゃならないのはあなたのほうよ」

ケリーは立ち上がり、何ドルかの紙幣をテーブルに投げ置いた。

「ここの勘定はわたしが持つわ。あなたはこれから逃げまわるのに旅費がいるでしょうから」

「ちょっと待ってください。わたしたち、まだ大切なことを話していません」

「そんなこと、どうだっていいわ」

ケリーはどんどん出口に向かって歩いていった。ダイアンはやむなく彼女のあとを追った。

「あなたの反応はオーバーですよ」

ダイアンはなんとか話をつづけたかった。

「あなただってそうじゃない?」

出口のところでケリーが言った。

「わたしは分からない。あなたがそんなにバカだなんて」

ちょうどそのとき、店に入ってこようとした松葉杖の老人が二人の前で足を滑らせた。ケリーとダイアンは同時に身をかがめ、老人が転ぶのを受け止めてやった。その瞬間だった。道の向こうから二発の銃声が聞こえた。と同時に、銃弾がコーヒーショップの入り口の壁にめり込んだ。なんと今の今まで二人が立っていた場所ではないか。この生々しい銃撃でケリーは思い知った、自分が今いるところはパリではなくニューヨークのマンハッタンであることを。おまけに、今まで一緒にお茶を飲んでいた相手はどうやら頭がちょいイカれているらしかった。

「マイ　ゴッド！」

ダイアンは悲鳴ともなんとも言えないような声をあげた。

「わたしたち、もうちょっとのところで――」

「神に祈ってる場合じゃないわよ。早くここから出なくちゃ！」

ケリーはダイアンの背中を小突いて小走りに駆けさせた。歩道をしばらく行くと、運転手のコリンがリムジンのドアを開けて二人を待っていた。ケリーとダイアンは震えながらうしろの座席に滑り込んだ。コリンが二人に尋ねた。

「さっきの音はなんだったんですか?」

二人ともショックのあまりなにも答えられなかった。ようやくケリーが言った。

「あの音は——たぶん車のバックファイヤーじゃない？」

ケリーは、ショックから一生懸命立ち直ろうとしている同行者のほうをふり向いた。

「これでもわたしの反応がオーバーだって言える？」

皮肉っぽい口調だった。

「あなたはどこに住んでいるの？　家まで送ってあげるわよ」

ダイアンはため息をつき、運転手に自分のアパートの住所を告げた。それから目的地に着くまで、二人の女性は石のように押し黙っていた。

車がダイアンのアパートの建物の前まで来たとき、ダイアンはケリーのほうをふり向いてようやく言った。

「わたしのところに寄っていきません？　わたし、本当に怖いんです。これからもっと大変なことが起こりそうな気がして」

ケリーの返事はそっけなかった。

「わたしも同じ気がするわ。でも、大変なことが起きるのはわたしにじゃなくて、あなたによ。さよなら、スティーブンス夫人」

ダイアンはケリーをちらりと見てなにか言おうとしたが、それはやめ、首を振りふり車を降りた。ケリーは、ダイアンが建物のなかに入り、一階にある彼女のアパートの入り口に着くのを見届けて、フーッと安堵のため息をついた。運転手のコリンが言った。

「これからどちらに参りましょうか、ハリス夫人？」

「ホテルへよ、コリン。それから――」

車が発進しかけたとき、アパートのほうから悲鳴が聞こえた。ケリーは一瞬ためらったが、知らんぷりはできなかった。すぐに車のドアを開け、おっかなびっくり自分も建物のなかへ入っていった。ダイアンのアパートのドアは大きく開けられたままだった。ケリーが中をのぞくと、ダイアンが部屋の真ん中でがたがた震えながら立っていた。

「どうしたの？」

「誰かが――誰かが侵入したんです。主人のブリーフケースがテーブルの上にあったはずなのに、なくなっているの。大切な書類がいっぱい入っていたんです。変なのは、結婚指輪だけ残してあるんです。何なんでしょう、これは⁉」

ケリーは神経をとがらせながら周囲を見回した。

「警察に電話したほうがいいわよ」

「そうですね」

グリーン・バーグ警部が廊下のテーブルに名刺を置いていったのを思いだしたダイアンは、急いでそこへ行って名刺をとりあげた。彼女はその場から警察に電話した。

「グリーン・バーグ警部をお願いします」

少し待たされてから相手が出た。

「グリーン・バーグ」

「ああ、警部さん。わたし、ダイアン・スティーブンスです。変なことが起きたんです。アパートまで来ていただけないでしょうか?……ありがとうございます」

ダイアンは大きく息を吐いてから、ケリーをふり返った。

「いま刑事さんが来てくれるわ。それまで一緒にいていただけたら――」

「いてあげられないわ。これはあなたの問題であって、これ以上巻き込まれるのはごめんよ。いま殺されそうになったのを忘れたわけじゃないでしょ? わたしはすぐパリに戻るわ。さよなら、スティーブンス夫人」

そう言うと、ケリーはアパートを出てリムジンのほうへすたすたと歩いていった。ダイアンは黙って見送るしかなかった。運転手がケリーに尋ねた。

「どちらに向かいましょうか?」

「ホテルに戻ってちょうだい」

そこなら安全なはずだ。

第二十一章

機転

　ホテルの部屋に戻ったものの、ケリーには一連の出来事のショックがまだつづいていた。あやうく殺されるところだった。こんなに恐ろしい経験はめったにあることではない。

〈頭のおかしなブロンド女との心中に付き合わされることだけは願い下げにしたい〉

　ケリーはソファに座り込み、目を閉じて自分を落ち着かせようとした。いつものようにマントラを唱えたが、ぜんぜん効果がなかった。ショックが大きすぎるのだ。そのためにむなしさと孤独感が増幅されている。

〈マーク、あなたはいまどこにいるの？　時がたてば悲しみも癒えるってみんなは言うけど、そんなのうそだわ。日がたつほど心の痛みが激しくなってくる〉

ルームサービスのワゴンを押す音が廊下から聞こえてきた。ケリーは一日じゅうなにも食べていないことを思いだした。空腹は感じなかったが、なにか食べないと体が参ってしまうと思い、彼女はルームサービスに電話した。

「シュリンプサラダと紅茶をいただけるかしら」

「ありがとうございます。二十五分から三十分ぐらいかかりますが、よろしいでしょうか、ミセス・ハリス？」

「いいわよ」

ケリーは受話器を置き、そこに座り込んだ。なにも考えたくなかった。しかし、考えないようにすればするほど、頭によみがえってくるのは、タナー・キングスレーが言った言葉だった。あのひと言で彼女はまっ暗闇の悪夢のなかに突き落とされた。いったいマークになにがあったというのだ⁉

〈どうしてマークはオルガのことをわたしに話してくれなかったのかしら？　単なる仕事上の関係だったのだろうか？　それとも、情事？　マーク、ダーリン、もしそれが情事だったのなら、わたしはあなたを許すわ。なぜなら、あなたのことを愛しているからよ。わたしのあなたに対する愛は永遠に変わらない。わたしに愛を教えてくれたのはあなただったのだから。冷えきっていたわたしの心を温めてくれたのはあなただった。あなたのおかげでわたしはプライドを取り戻し、女であることを思いだすことができたわ〉

次に彼女の頭に浮かんだのはダイアンのことだった。

〈あのおっちょこちょいのブロンドのおかげで、わたしはあやうく命を落としそうになった。ああいう人にだけは近づかないようにしよう。無理なことじゃないわ。明日になったらわたしはパリに行っているんだから。エンジェルがしっぽを振って迎えてくれるでしょう〉

そのとき、ドアをノックする音が聞こえ、彼女はハッと現実に戻った。

「ルームサービス」

「ちょっと待ってね」

ケリーはドアのところに行きかけて足を止めた。

〈変だわ〉

注文はついさっきしたばかりだ。

〈早すぎる〉

「いま手が離せないから、少し待って」

彼女が言うと、ドアの向こうから返事があった。

「分かりました、マーム」

ケリーは受話器をとり、ルームサービスに電話した。

「わたしの食事がまだ届いていないんだけど」

「いま作っているところです、ミセス・ハリス。あと十五分か二十分でお届けできますけど」

ケリーは受話器を置かず、そのまま交換手に電話した。胸がドキンドキンと鳴っていた。

「誰か男の人がわたしの部屋に侵入しようとしているの」

「いますぐ警備員に行ってもらいます、ミセス・ハリス」

二分後、ふたたびドアがノックされた。ケリーはびくびくしながらドアのそばに寄った。

「どなたですか?」

「警備の者です」

ケリーは用心深くなっていた。念のために時計を見た。

〈やはり早すぎる〉

「ちょっと待ってね」

ドアの向こうにそう言葉をかけてから、ケリーは交換手に電話した。

「警備員を呼んでくれるように言ったんですけど?」

「いまそちらに向かっているところです、ミセス・ハリス。一、二分でそちらに着くはずです」

「その人の名前は?」

彼女の声は恐怖でこわばっていた。

「トーマスです」

ドアの向こうからひそひそ話が聞こえていた。ケリーはドアに耳を当てて聞いていると、声はやがて消えた。あまりの怖さに彼女は足がすくんだ。それから一分もすると、三たびドアがノックされた。

「どなたですか?」

「警備の者です」

「ビル?」

ケリーは疑心暗鬼のなかで尋ねた。

「いいえ。わたしはトーマスです、ハリス夫人」

ケリーは急いでドアを開け、警備員をなかに入れた。警備員は彼女の様子を観察しながら言った。

「なにがあったんですか?」

「誰か――男の人たちがわたしの部屋に入ろうとしたんです」

「姿は見ましたか?」

「いいえ。声を聞いただけです」

ケリーはいまにもヒステリーを起こしそうで、平静を保っているのがやっとだった。ここまできたら、張本人に談判して、一刻も早くこんなことと手を切ることだ。食事などもうどうでもよかった。

「すみませんけど、わたしのこと、タクシー乗り場まで送ってくれますか?」

「かしこまりました、ミセス・ハリス」

エレベーターに乗るときも警備員はケリーの横にぴったりくっついていた。ロビーに出たところで、ケリーは周囲を見回した。疑わしそうな人間は見当たらなかった。ケリーは警備員と一緒に外に出た。タクシースタンドに着いたところでケリーが言った。

「どうもありがとう。助かったわ」

「わたしのほうで安全を再確認しておきますから、安心して戻ってきてください。侵入しようとしていた者たちはもうどこかに逃げて行ってしまっているでしょう」

タクシーに乗り込んだケリーは窓から外の様子をうかがった。すると、二人の男があわてた様子でリムジンに乗り込むのが見えた。

「どこまで?」

タクシーの運転手がぶっきらぼうに訊いてきた。ケリーがうしろを見ると、さっきのリムジンが早くもタクシーの背後にまわっていた。前を見ると、交差点の真ん中で警察官が交通整理をしていた。

「まっすぐ行ってちょうだい!」

ケリーは運転手に言った。

「オーケー」

車が信号に近づくのを待ってケリーが言った。

「速度をゆるめてくれる？　そして、信号が黄色に変わった瞬間にさっと左に曲がってくれる？」

運転手は不思議そうにバックミラーで彼女の顔をのぞいた。

「なんだって？」

「青信号でも突っ切らないで、黄色になるのを待ってくれる？」

運転手の顔に浮かんでいる表情を見て、彼女はつくり笑いをした。

「いま賭けをしているところなのよ」

「ああ、そうですか」

〈最近は頭のおかしな乗客が多い。世の中どうなってるんだ？〉

そうこうしているうちに、信号の緑が黄色に変わった。ケリーは声をあげた。

「さあ、いまよ！　左に曲がって！」

タクシーが急ターンした瞬間に、信号は赤に変わった。後続の車は交通整理の警察官に止められた。リムジンの男たちはフラストレーションを募らせて顔を見合わせた。タクシーが一ブロックほど走ったところで、ケリーは言った。

「あっ、わたし、忘れ物をしちゃった。ここで降ろしてもらうわ」

運転手は車を歩道につけた。ケリーは札を丸めて運転手に渡した。

「お釣りはいいわ」

運転手は、降りた乗客が目の前のクリニックに入っていくのを見送った。

〈無理もない。精神分析医の助けが必要なんだろう〉

交差点では信号が青に変わり、リムジンはようやく左折することができた。二ブロックほど先に見えたタクシーを追ってリムジンはスピードをあげた。しかし、ケリーはすでに別のタクシーを止めてそれに乗り込んでいた。

同じ時刻、ダイアン・スティーブンスのアパートでは、駆けつけたグリーン・バーグ警部がダイアン本人から事情を聞いていた。

「奥さんを狙って撃ったやつの顔は見なかったんですか?」

ダイアンは首を横に振った。

「突然のことだったので、そんなゆとりは……」

「犯人が誰にしろ、これは大変なことですよ。鑑識の連中は壁から弾を掘り出したんですが、45口径の銃弾でした。防弾チョッキを打ち抜くほどの威力のあるやつです。その点、奥さんは運がよかったんです」

警部はちょっとためらってから、さらに言った。

「犯人が誰にしろ、トニー・アルチェリの殺し屋にちがいありません」

ダイアンはごくりと生唾を飲んだ。

〈古い借りを清算しようって、そういうことだったのね〉

「警察としてもその辺を詳しく調べておきます」

ダイアンはうなずいた。グリーン・バーグ警部は彼女の様子をちらりと観察した。

「なくなったブリーフケースのことですが、中になにが入っていたのかご存じですか?」

「よくは分からないんですけど、毎朝主人はそれを研究所に持って行き、夜になると持ち帰っていました。中に書類が入っているのを見たことがあります。内容は技術的なことばかりでした」

グリーン・バーグ警部はテーブルの上にあった結婚指輪をとりあげた。

「ご主人は結婚指輪をはずしたことがないって、おっしゃいましたよね?」

「ええ、そのとおりです」

「ご主人が亡くなられる前のことですけど、ご主人の様子になにか変わったことがありませんでしたか? 困っているとか心配しているらしいとか? ご主人と一緒だった最後の日、ご主人がなにを言ったか覚えていますか?」

……あれはまだ明け方だった。二人とも素っ裸でベッドの中にいた。リチャードは彼女の太ももをやさしく撫でながらこう言っていた、「今夜は残業だ。でも帰ってきたら一、二時間付き合ってくれるね、ハニー」。彼女は彼が喜ぶところを触って言った、「了解」……。

「スティーブンス夫人——」

呼ばれて、ダイアンはハッとわれに返った。

「いいえ。変わったことなど何もありませんでした」

「警察としては、あなたに保護策を講じておきましょう。もしよかったら——」

グリーン・バーグ警部がそう言いかけたとき、ドアのベルが鳴った。

「誰か来ることになっていたんですか？」

「いいえ」

グリーン・バーグ警部はうなずいた。

「わたしが開けましょう」

警部は行ってドアノブを回した。するとドアがバーンと開き、しかめ面の若い女性が飛び込んできた。タクシーで乗りつけてきたケリーである。

ケリーは、危うくぶつかりそうになった見知らぬ男性を無視してダイアンに歩み寄った。

「話をつけに来たのよ！」

ダイアンはびっくりしてケリーを見つめた。

「あなたはパリに帰ったんじゃなかったの？」

「ちょっと寄り道をしただけ」

グリーン・バーグ警部が二人に加わった。ダイアンが初対面同士を紹介した。

「こちらはグリーン・バーグ警部。こちらはケリー・ハリスさん」

〝警部〟と聞いてケリーはほっとした。さっそく警部に事情を訴えた。

「男が二人わたしのホテルの部屋に侵入しようとしたんです、警部さん」

「ホテルの警備係に連絡しました？」

「ええ。でも、警備員が来たときは怪しい男たちはもういなくなっていました。だから、わたしはタクシー乗り場まで警備員に送ってもらったんです」

「その侵入というのは、ドアをこじ開けようとしたんですか？」

「いいえ、違います——ルームサービス係のふりをしてドアの前に立っていたんです」

「あなたは実際にルームサービスを頼んだんですか？」

「ええ、頼みました」

二人の話を聞いていたダイアンが口をはさんだ。

「だったら、それはあなたの思い過ごしじゃないかしら。今朝からいろんなことが続いたから、それで——」

ケリーはいきりたって言った。

「冗談じゃないわよ。わたしはこんなことにかかわりたくないんですからね。これから荷造りして、とっととパリへ帰るわ。あなたのマフィアの友達に言っておいてちょうだい。わたしを放っといてって！」

そう言い捨てると、ケリーはくるりと背を向け、二人の前から去って行った。

「なんなんですか、いまのは？」

グリーン・バーグ警部は要領を得なかった。

「あの人のご主人は——殺されたんです。うちの主人と職場が同じでした。キングスレー・インターナショナル・グループです」

ホテルに戻ったケリーは、まずフロントに立ち寄って言った。

「チェックアウトします。一番早いパリ行きの便を予約してもらえますか？」

「かしこまりました、ハリス夫人。どこかご希望の航空会社でも？」

「どこの飛行機でもいいから、わたしを早くここから出して」

ケリーはロビーを横切りエレベーターに乗り込んで四階のボタンを押した。エレベーターのドアが閉まりかけたとき、それを押し開けるようにして男が二人乗り込んできた。ケリーは男たちの風体を見てぴんときた。だから、閉まりかけていたドアをすり抜けてエレベーターの外へ出た。そして、エレベーターのドアが完全に閉まるのを見届けてから、階段へ向かった。

「君子危うきに近寄らず」

あと数歩で四階というとき、目の前に大男が現われ、彼女の行く手を遮った。

「失礼」

ケリーはそう言って男の横をすり抜けようとした。

「静かにするんだ」

男はそう言いながら消音器のついた拳銃の銃口を彼女に向けた。ケリーの顔がさっと青ざめた。

「なにをするんですか!?」

「いいから黙れ。じゃないと、一発お見舞いするぞ。おれと一緒に来い」

男はにやついていた。しかし、ケリーがよく見ると、男の上唇には大きな手術跡があり、それが彼の顔をほほえんでいるように見せているだけだった。その残忍そうな目を見てケリーはぞっとした。

「さあ行くんだ」

〈いやよ。こんな男になんて殺されたくない〉

「ちょっと待って。あなたは人違いをしている――」

言い終わらないうち、彼女は胸部を男の銃で強打された。痛くて悲鳴を上げそうになった。

「黙れって言ってるだろ！　一緒に階段を下りるんだ」

男の手が万力のように彼女の腕を締めつけ、銃口が彼女の背中にぴたりと押しつけられたままだった。

ケリーはいまにもヒステリーを起こしそうだった。

「お願い。わたしは関係ないんですから——」

銃口が背中に食い込んでたまらなく痛かった。腕をきつく締めつけられていたので、手は血が止まって真っ青だった。

二人は階段を下りていった。ロビーに出ると、そこは人でいっぱいだった。声を出して助けを呼ぼうかどうしようか迷っていると、彼女の気持ちを読んだように男が言った。

「バカなことを考えるんじゃないぞ」

二人が外に出ると、歩道沿いにオフロード車が待機していた。その二台前では警察官が駐車違反の切符を切っていた。

「乗れ」

ケリーはうしろの座席に乗るよう背中を小突かれた。

警察官はまだすぐそばにいた。

「分かったわよ！」

ケリーは大声で叫んだ。

「乗ればいいんでしょ。でも言っときますからね。そんなことするんだったら、あと百ドルもらうわよ。わたしはいやなんだから」

警察官が気づいてこちらをふり向いた。男は目を丸くしてケリーを見つめた。

「おまえ、いったい何をおっぱじめる——」

「払えないんならやめるわ。ケチ！」

ケリーはすたすたと警察官のほうに向かって歩きはじめた。男は例のにこやかな顔でケリーを見送っていたが、その目は笑っていなかった。ケリーは警察官に向かって男を指さした。

「あのケチな男がうるさいから、なんとかしてちょうだい」

彼女は警察官が男のところに歩いて行くすきに、通りかかったタクシーを止めてそれに乗り込んだ。

男がオフロード車に乗り込もうとしていた。それを警察官が止めた。

「ちょっと待て。売春強要は法律違反だぞ」

「おれは別に——」

「身分証明書を拝見しよう。名前は？」

「ハリー・フリント」

ハリー・フリントは女を乗せたタクシーが走り去っていくのを忌々しそうに見送るしかなかった。

〈あの売女め。殺すまえにうんと痛い目にあわせてやる〉

第二十二章

盗聴

ダイアンのアパートの前でタクシーから降りたケリーは三十分前と同じ行動をとった。玄関をつかつかと入ると、アパートのベルを乱暴に押した。ドアを開けたのは前と同じくグリーン・バーグ警部だった。

「ああ、あなたですか」

そう言う警部を無視してケリーはダイアンのまえに歩みよった。

「なにがどうなっているのか、わたしにちゃんと説明してちょうだい」

「いったいどうしたの？　あなたはさっきパリへ行ったはずでは？」

「さっき言ったはずよ。あなたのマフィアの友達にわたしをかまうなって言っとけって。なのに連中はわたしをまた捕まえようとしたのよ。あなたのマフィア仲間はわたしをどういう理由で殺そうとしているの？」

「わたしにも分からない。もしかしたらわたしたちが一緒にいたから友達だと思いこんで──」

「わたしたち友達なんかじゃありませんよ、スティーブンス夫人。わたしを変なことに巻き込まないでちょうだい」

「わたしはべつにあなたを巻き込んだりするつもりはありません。変な言いがかりはやめてください」

「いいから、あなたの友達のアルチェリじじいにはっきり教えてやりなさい。わたしたちはいま会ったばかりの他人同士だって。世間知らずのあんたが犯した愚かな行動のためにわたしが巻き添えを食らって殺されるなんてごめんだわ」

　ダイアンは相手の剣幕に押されてぐうの音も出なかった。

「すぐやってちょうだい。アルチェリにこの場から電話して。私がいま言ったことを伝えるのよ。あなたがそうするまでわたしはここから動きませんからね」

「無茶ですよ。わたしにはできません。巻き込んだのは悪いと思いますけど」

ダイアンはちょっと考えてからグリーン・バーグ警部に顔を向けた。

「刑事さんはどう思います？　わたしからアルチェリに手を出すなって言ったほうがいいと思います？」

グリーン・バーグ警部は首をかしげながら答えた。

「微妙な質問ですね。警察に監視されていることを分からせれば効果が上がるかもしれない。あなたとしては、直接彼に掛け合うつもりですか？」

ダイアンはあわてて首を振った。

「いいえ、そんなつもりはぜんぜん」

ケリーが彼女の言葉を継いだ。

「喜んでやるということよ」


ニュージャージー州のハンタードン郡にあるトニー・アルチェリの自宅はコロニアルふうの古風な石造りの館である。家もデカければ、敷地は十五エーカーと広大で、その周囲を異様に高い鉄の塀が取り囲んでいる。敷地内には森あり池あり花畑ありと、豪勢そのものだ。

正面門のブースのなかには警備員が一人座っていた。ケリーとダイアンの二人の未亡人を乗せたグリーン・バーグ警部の車が門まで来ると、警備員が出てきて車を止めた。警備員はすぐグリーン・バーグ警部を認めた。

「こんにちは、警部」

「やあ、シーザー。アルチェリさんに会いたいんだ」

「令状を持っているのかね?」

「単なる訪問さ。社交的なね」

警備員は二人の夫人に目をやった。

「ちょっと待ってくれ」

警備員はそう言ってブースのなかに入っていった。二、三分すると警備員が出てきて門を開けた。

「中へどうぞ」

「ありがとう」

グリーン・バーグは館の玄関前に車を進めた。三人が車から降りたところで、二人目の警備員が現われた。

「おれについてきてくれ」

三人は警備員に導かれて建物のなかへ入った。居間は最新電子装置とアンティーク家具とのみごとな組み合わせでできていた。暖かい日だったにもかかわらず、巨大な暖炉には炎が音を立てて躍っていた。三人は警備員のあとにつづき、居間を通り抜け、暗いベッドルームに足を踏み入れた。トニー・アルチェリは人工呼吸装置をつけられベッドに伏していた。顔色は悪く、まるで死人のようで、出廷してから短期間のあいだに急に老け込んだ感じだった。神父と看護婦がベッドの横に待機していた。

アルチェリはまずダイアンに目を向け、それからケリー、グリーン・バーグと見て、ダイアンに視線を戻した。口を開いたときの彼の声は言葉にならないほどかすれていた。

「なんの用だ?」

ダイアンが答えた。

「ミスター・アルチェリ、ハリス夫人とわたしにかまわないでほしいんです。あなたの部下を引き揚げさせてください。わたしの主人を殺しただけで充分でしょ。それに――」

ダイアンが言い終わらないうちにアルチェリが話しはじめた。

「いったいなんのことだ? おたくの旦那のことなんておれは知らないぞ。変死体についての妙な記事は読んだけどな」

アルチェリはにやりとして、さらに言った。

「〝水に泳がせて魚のえさにする〟だと? おれはもう長くないから正直に言うけどな、奥さん。本物のイタリア人はあんな書き方はしないぞ。おれはあんたたちの命なんか狙ってない。あんたが死のうが生きようが、どうだっていいんだ」

ここでアルチェリは痛そうに顔をしかめ、ちょっと休んでからさらに言った。

「おれはいま心を清めて天に召される準備をしているんだ」

そう言ったところで、アルチェリはむせびはじめた。神父はダイアンを制した。

「この辺でお引き取りください」

グリーン・バーグ警部が小さな声で言った。

「病気は何なんですか?」

神父が答えた。

「ガンです」

ダイアンはベッドの上の老人を見つめた。

〈〝あんたが死のうが生きようが、どうだっていいんだ……おれはいま心を清めて天に召される準備をしているんだ〟〉

アルチェリの話にうそはなさそうだった。

そのことを知ってダイアンは逆に怖くなった。言い知れぬ不安が増大してパニックになりそうだった。


帰りの車中でグリーン・バーグ警部も心配そうだった。

「アルチェリは本当のことを言っていると思っていい」

ケリーもうなずいた。

「わたしもそう思うわ。あの人は死ぬまぎわだったからね」

「あなたたち二人が誰かに命を狙われる理由になにか心当たりはありませんか?」

「それがないんです」

警部の質問にダイアンが答えた。

「もしアルチェリでなかったら」

ダイアンは首を振りふり言った。

「ほかに心当たりなんてありません」

ケリーはつばを飲み込んでから言った。

「わたしにもないわ」


グリーン・バーグ警部は二人の夫人をダイアンのアパートまで送った。

「これからわたしがこの件を詳しく調べます」

警部の言葉は心強かった。

「ここにいても安全ですから、心配しないでください。十五分したら警察のクルーザーがこの建物の外を固めます。そして、これからの二十四時間、警備に当たります。そのあいだに今後のことを決めましょう。わたしに用事のときはいつでも電話をください」

そう言い残してグリーン・バーグ警部は行ってしまった。


ダイアンとケリーは顔を見合った。気まずい沈黙が二人のあいだに流れた。

「お茶でもいかが？」

まずダイアンが口を開いた。ケリーは素直に答えられなかった。

「コーヒー！」

ケリーの無礼にダイアンはちょっとむかついて彼女をにらんだが、ため息をついて答えた。

「分かりました。コーヒーをいれてさしあげましょう」

ダイアンはコーヒーをいれにキッチンへ向かった。ケリーは居間をうろつき、壁にかかっているる絵を見るとはなしに見ていた。

すぐダイアンがキッチンから出てきた。ケリーは絵のひとつをあごで指した。

「ここにスティーブンスってサインしてあるけど、もしかしてあなたが描いたの？」

ダイアンはうなずいた。

「ええ、そうですけど」

「ふん。まあまあね」

ダイアンの口元が引き締まった。

「あなた、絵のことがいくらか分かるの？」

「いや、それほどでも――」

「好きな画家っている？　グランマ・モーゼスなんてどう？」

「彼女はおもしろいわね。いかにも独学の画家らしくて」

「ほかにどんな画家がお好き？」

「正直に言うと、わたしが好きなのは曲線を多用した非具象作品ね。もちろん例外はあるわ。たとえば、ティツィアーノの『ロビンのビーナス』なんか、その対角線を活かした構図はすばらしいわ。それに――」

キッチンからコーヒーの沸く音が聞こえてきた。ダイアンはほっとした。

「さあ、コーヒーにしましょう」


二人はダイニングルームに行き、向かいあって座ったものの、押し黙ったままで、コーヒーもすぐにぬるくなってしまった。沈黙を破ったのはダイアンだった。

「わたしたちが命を狙われる理由になにか思い当たる？」

「ノー」

ケリーはそっけなく答え、しばらく黙ってから、こう言った。

「あなたとわたしを結びつける唯一のコネクションは、夫がＫＩＧで働いていたことよね。もしかしたら、二人とも極秘のプロジェクトに加わっていたんじゃないかしら。だから犯人は、わたしたちが夫からその話を聞いていると勝手に思い込んでいるのかも」

ダイアンの顔が青ざめた。

「もしかしたらそういうこと――」

お互いを見つめあう二人の目が暗く沈んだ。


タナー・キングスレーは自分のオフィスの壁にかかったテレビで、ダイアンのアパートで起きているシーンを見つめていた。彼の警備の責任者もその横に立って見ていた。

〝あなたとわたしを結びつける唯一のコネクションは、夫がＫＩＧで働いていたことよね。もしかしたら、二人とも極秘のプロジェクトに加わっていたんじゃないかしら。だから犯人は、わたしたちが夫からその話を聞いていると勝手に思い込んでいるのかも〟

〝もしかしたらそういうこと――〟

ダイアン・スティーブンスのアパートには最新の盗聴装置が秘密裏に設置されてあった。どの部屋にも、本のあいだとかコードの折り目とかドアの下とかに豆粒大のビデオカメラが隠されていた。屋根裏にはラップトップコンピューターサイズのビデオサーバーが置かれ、ワイヤレスカメラから送られてくる情報を処理していた。

タナーは身を乗りだして二人の会話に聴き入った。

〝主人たちがどんなプロジェクトに携わっていたか、調べる必要があるわね〟

〝そうよ。でも、そうするには誰かＫＩＧ内部の人の協力が必要だわ。いい方法ないかしら？〟

〝タナー・キングスレーさんに当たってみるのがいちばんいいんじゃない？　あの人なら快く協力してくれると思うわ。そして、背後にいる犯人を見つけてくれるわよ〟

〝そうしましょう〟

ダイアンが言った。

「今夜はここに泊まりなさいよ。ここなら安全ですから。前の道で警察の車が見張ってくれているのよ」

ダイアンは窓のところへ行き、さっとカーテンを引き開けた。警察車はいなかった。目をきょろきょろさせ、辺り一帯を調べたが、どこにもそれらしい車はいなかった。彼女は急に怖くなった。

「変ね」

ダイアンは首をかしげた。

「パトカーがいてくれるはずだったのに。電話してみるわ」

彼女はバッグからグリーン・バーグ警部の名刺をとりだし、その番号に電話した。

「グリーン・バーグ警部をお願いします」

黙って相手の話に耳を傾けていた彼女が答えた。

「本当ですか?……分かりました。では、プラジッツァ警部補と話したいんですけど」

相手の説明がつづいているあいだ、彼女は黙って耳を傾けた。

「分かりました。では、どうも」

ダイアンは気抜けしたようにゆっくり受話器を置いた。ケリーが彼女の目をのぞきこんだ。

「いったいどうしたの?」

「グリーン・バーグ警部とプラジッツァ警部補は二人とも別の区域に転勤になったんですって」

ケリーはごくりとつばを飲み込んだ。

「変な偶然ね」

ダイアンも同感だった。

「それにわたし、思いだしたことがあるの」

「なによ?」

「リチャードの行動や言ったことでなにか変わったことはなかったかとグリーン・バーグ警部に訊かれたんだけど、わたし、ひとつ言うのを忘れていたわ。そういえばリチャードは、ワシントンへ行って誰かと会うんだと言っていたわ。旅行するときはたいがいわたしを連れて行くのに、そのときだけは一人で行くんだって言い張ってね」

ダイアンを見つめるケリーの目がしだいに大きくなっていった。

「それは不思議ね。マークも同じことを言っていたのよ。一人でワシントンへ行くって」

「これは何がなんでも理由を探らなくちゃ」

ケリーはあわてて窓のところへ行き、カーテンを閉めた。

「警察の車はまだ来ていないわ。あてにならないわね」

彼女はダイアンに向き直って言った。

「ここも危ないんじゃない？　出ましょうよ」

「そうね」

ダイアンはうなずき、ちょっと考えてから言った。

「わたし、隠れるのにちょうどいいところを知っている。チャイナタウンにあるマンダリン・ホテル。あそこなら誰にも気づかれないわ。その部屋からキングスレーさんに電話すればいいんじゃない？」

〝その部屋からキングスレーさんに電話すればいいんじゃない？〟

タナーは横にいる警備部長のハリー・フリントに顔を向けた。二人とも半分笑っていた。

「ちょうどいい。二人一緒に始末しちゃえ！」

〔下巻につづく〕

異常気象売ります（上）

二〇〇六年十一月一日　第一刷発行

著　者　シドニィ・シェルダン
訳　者　天馬龍行
発行者　益子邦夫
発行所　㈱アカデミー出版
東京都渋谷区鉢山町15－5
郵便番号　一五〇－〇〇三五
電　話　〇三（三四六四）一〇一〇
ＦＡＸ　〇三（三四八六）一〇四四
〇三（三七八〇）六三八五
www.ea-go.com

印刷所　大日本印刷株式会社

ISBN4-86036-029-X